IEDEREENS KIND

Cathy McGough

Stratford Living Publishing

WAT LEZERS ZEGGEN...

VAN CA:

"Ik vond de verhaallijn intrigerend en heb het boek met plezier tot het einde gelezen."

"Makkelijk te lezen, heeft een hoog tempo en een interessant uitgangspunt."

VAN IN:

"Een goed geschreven plezierige thriller."

DEDICATIE

Voor de kinderen.

INHOUDSOPGAVE

POEM: DE PAPIERDOLL

De papieren pop is verstrikt in de werveling van de wind
Ontdaan van emotie draait en tolt ze
Rond en rond, ballerina-achtige pirouettes
Terugflikkerend naar de mislukkingen en spijt van het leven.
Koortsachtig probeert ze uit haar klauwen te ontsnappen
In haar oren fluistert de wind verkrachting.
De papieren pop wordt van ledemaat tot ledemaat verscheurd
Een herinnering aan wat had kunnen zijn.
Ze voelt geen pijn want ze is nog maar een kind
Ze voelt niets.

Hoor het huilen van de kinderen als ze woelen en
draaien
In de dromen van hun slaap
Bescherm hen tegen de wervelwinden van het leven.
Ren, kinderen ren,
Er zijn geen kettingen meer om je te binden.
Bescherm hen tegen de wervelwinden van het leven.

HOOFDSTUK 1

BENJAMIN

De zeventienjarige Benjamin was een gewetensvolle werknemer. Vooral sinds hij van de middelbare school af was. Twee keer per dag, zes dagen per week bezocht hij de bank. s Ochtends om geld te halen. s Middags om de dagopbrengsten te storten. De heen- en terugreis verliepen zonder problemen: tot deze specifieke ochtend.

Wat hem opviel, was een vrouw. Met haar hoge hakken viel ze op als een etalagepop op het strand. De gouden labels op haar handtas en zonnebril weerkaatsten het licht, waardoor het weerkaatste en bewoog als vuurvliegjes. Over de schouder van haar mouwloze zwarte jurk hing een rode sjaal.

Benjamins ogen volgden het verloop van de sjaal tot aan het uiteinde van de uitgestrekte arm van de vrouw. Er zat een klein meisje aan vast dat moeite had om bij te blijven. De arm van het kind, misschien zeven jaar oud, reikte ook naar achteren. Er zat een ding aan vast: een slungelige, levensgrote pop. Hij keek twee keer, want het gezicht van de pop en het kind waren kopieën. Toen zag hij dat de uitgestrekte arm van de pop ook naar achteren reikte - naar niets en niemand. De slungelige benen en schoenen van het ding schuifelden over het trottoir en brachten de achterhoede naar boven.

Nieuwsgierig volgde hij het vreemde trio toen ze de hoek omgingen op weg naar de promenade aan de waterkant van Lake Ontario.

De vrouw stopte, trok aan de arm van de onwillige volgeling en voerde toen het tempo op. De kleine struikelde op de grond zonder de hand van haar pop los te laten. Ze krabbelde overeind en kreeg een klap op haar wang. Een klap waarvan hij ineenkromp omdat het leek te galmen.

De vrouw liep snel verder toen het gepiep van het kind veranderde in een kreet. Ze leunde achterover en fluisterde in het oor van het kind: resultaat stille tranen.

Hij legde zijn vinger op snelkiesnummer 911 en beoordeelde de situatie. Als hij een volwassen man was, zou hij haar de waarheid zeggen. In plaats daarvan bleef hij hen schaduwen. Kijken. Zichzelf afvragend wat de grote haast was.

Hij kreeg de kriebels van de pop die achter hem aan stuiterde met een brede grijns, dus stak hij over naar de andere kant van de weg. Hij bleef het vreemde trio observeren. In het bijzonder hoe de rode sjaal van de vrouw contrasteerde met haar ravenzwarte haar en jurk. Ze leek niet op haar plaats, alsof ze met twee kinderen op weg was naar een shoot voor een tijdschrift.

Wacht eens even. Het type pop kwam hem bekend voor. Zijn baas, Abe, bestelde soms soortgelijke poppen via zijn winkel. Meestal in de maanden voor Kerstmis.

De poppen werden ontworpen en verzonden vanuit Europa. Voor elke bestelling was een foto van het kind nodig. Dit was om de huidskleur, het haar en de kleur van de ogen na te bootsen. Details zoals lengte, gewicht en schoenmaat werden op de achterkant van de foto genoteerd.

Toen viel het hem op waarom het kleine meisje zo moeilijk deed. Aan haar voeten droeg ze glinsterende sandalen, het soort met het bandje rond de enkel. Sandalen waren mooi, maar ongeschikt om snel te lopen. Voor haar tweeling waren de sandalen geen probleem, want de pop werd over het trottoir getrokken.

Tegen de tijd dat ze bij het eerste bankje in het park aankwamen, was de vrouw gekalmeerd. Ze lachte toen ze de kleine hielp haar rugzak te verwijderen. Daarna zorgde ze ervoor dat ze comfortabel zat voordat ze zich met de pop bemoeide. Ze boog haar benen en zette haar in een zittende positie.

Hij kwam dichterbij en nam foto's van de waterkant totdat zijn telefoon trilde. Het was Abe, die hem controleerde.

"Waar ben je?" had Abe ge-sms't. Abe was Benjamins baas en huisbaas. Abe was een voorstander van routines.

"Line-up, B zo snel mogelijk terug," sms'te de jongen.

Abe's antwoord was een duim omhoog emoji.

De vrouw knielde, zodat ze oog in oog stond met het kind.

De tiener maakte een volledige panoramafoto van de skyline van Lake Ontario, van de CN Tower tot Burlington.

"Schat, ik ben mijn portemonnee vergeten," klopte ze op de hand van het kind. "Ik ben zo terug, dat beloof ik."

Het kind bleef stil en friemelde aan haar sandalen.

"Doen je voeten pijn, schat? Het spijt me dat we ons moesten haasten. Je kunt hier rusten en tegen de tijd dat ik terugkom om je op te halen, ben je weer in orde. Wacht hier maar even, oké?"

Het kind knikte en liet haar benen zakken. Niet in staat om de grond aan te raken, bleef ze stil liggen.

"Terwijl ik weg ben, beweeg je niet van deze bank." Ze wierp een blik in het rond. "En praat met niemand. Onthoud dat we een geheim woord hebben. Weet je wat het is? Shh, niet verder vertellen. Je herinnert het je, ja?"

"Wat als ik," fluisterde het kind, "moet plassen?"

"Wacht maar tot ik terug ben. Ik ben niet lang weg. Hoe eerder ik ga, hoe eerder ik terug ben." Ze stond op en rechtte haar rug.

De kleine pakte haar arm vast: "Je vergeet me toch niet, mama? Net als de vorige keer?"

De vrouw zuchtte en fluisterde.

"Lieverd." Ze klopte op de hand van haar dochter. "Ik heb je negenennegentig keer op tijd van school opgehaald en je herinnert je altijd die ene keer dat ik te laat was." Ze haalde diep adem en stapte toen achteruit.

"Sorry, mama."

De tiener zat op een bankje vlakbij, scrollend door de foto's die hij had gemaakt. Hij keek op toen de vrouw zich omdraaide. Haar gezichtsuitdrukking leek nu kinderlijker, met haar kin naar voren gestoken.

"Deze keer weet ik de weg naar huis," zei haar dochter met een grijns.

De vrouw huffelde, draaide zich om en omhelsde haar dochter. "Ik moet nu gaan, schatje."

"Ik ben geen baby."

"Ik weet dat je dat niet bent. Wacht hier, wacht op mij. Ik kom terug. Kruis mijn hart." Ze deed het hartje kruisen na en liep toen weg.

"Tot snel, mama," zei het kind. Ze spande haar nek en keek toe hoe de kloof tussen haar en haar moeder groter werd.

De tiener keek met betraande ogen toe. Ze was toch een goede moeder, of beter dan hij dacht dat ze was.

De moeder draaide zich om en blies haar kleine meisje een kus, waarna ze verder liep.

Zijn telefoon trilde weer. Abe. Hij moest naar de bank.

Het kind ritste haar rugzak open, haalde er een boek uit en begon te lezen. Een minuut of twee keek hij naar haar. Het was schattig, hoe ze haar lippen bewoog om de woorden te verklanken.

Hij keek op zijn horloge. Nu hij er zekerder van was dat haar moeder zou terugkeren zoals beloofd, ging hij naar de bank.

Het was de enige manier om te voorkomen dat Abe hem zou komen zoeken. Als Abe uit de winkel moest komen om hem te zoeken...

Hij wilde er niet aan denken.

HOOFDSTUK 2

JENNIFER WALKER

Toen ze een paar meter verderop was, wierp Jennifer een blik terug op haar dochter die volgens de instructies op het bankje bleef zitten. Ze haatte het om haar daar alleen te laten, maar wat voor keus had ze na wat ze had gedaan? Ze opende de camera van haar telefoon en maakte een foto van haar dochter. De foto toonde haar kleine meisje omlijst door de blauwste lucht en het nog blauwere water van Lake Ontario. Omdat haar dochter niet wilde wijken, draaide ze zich om in de richting waar ze vandaan kwamen.

Op de terugweg dacht ze aan haar partner Mark Wheeler. Ze ging al een tijdje met hem uit, ook al wist ze dat hij al getrouwd was.

Voor het grootste deel, tenminste als ze in het openbaar waren of als haar dochter in de buurt was, was hij aardig en zachtaardig.

Maar er was een andere kant aan hem als ze alleen waren met seks op het menu. Toegegeven, soms genoot ze van bondage, zelfs van een erotisch pak slaag. Maar de erotische verstikking ging te ver. Het gevoel onder water te gaan, naar beneden, naar beneden, naar beneden. Snakkend naar adem alsof je het nooit meer zou vinden, was er een die haar beangstigde. Dus deze keer zette ze haar voet op de grond en weigerde het te doen. Mark deed het bij zichzelf terwijl zij ging douchen. Toen ze terugkwam, was hij dood. Ze was te bang geweest om zelfs maar de plastic zak van zijn hoofd te halen. In plaats daarvan ging ze naar de kamer van haar dochter en bracht daar de nacht door en 's ochtends vroeg verlieten ze het huis.

Haar telefoon ging, hij was het eindelijk. "Je moet me helpen," zei ze. "Ik kan nergens anders heen."

"Is het Mark?" vroeg haar vriend, tevens Marks chauffeur Poncho.

Ze snikte. "Ja."

"Oké, ik kom er zo aan. Ik ben er ongeveer een kwartier vandaan. Hou vol."

Om zichzelf af te leiden schoot een herinnering aan Katie als pasgeborene haar te binnen terwijl ze de eerste keer dat ze haar vasthield herbeleefde. Haar dochter was het kleinste, zachtste, mooiste engeltje dat ze ooit had gezien. Ze groeide zo snel op. Jennifer vond het vreselijk om haar dochter alleen aan het water achter te laten, maar ze moesten van het lichaam af. Vooral met Marks connectie met de gemeenschap en de drugswereld. Zelfs als ze hen de waarheid zou vertellen, zouden ze haar nooit geloven.

Marks vader had zakken met geld - en ze kon het niet riskeren om naar de gevangenis te gaan. Wat zou er met haar baby gebeuren?

Ze lachte, terwijl ze dacht aan hoe vaak ze haar moeder ervan beschuldigde gekke dingen te doen voor mannen die het niet waard waren. Ze keek omhoog naar de lucht, "Mam, het spijt me als dit ding dat ik deed de prijs pakt." De geschiedenis herhaalde zich altijd. Dit wetende voelde ze zich niet beter.

Stop met jezelf de schuld te geven, domme dwaas, dacht ze. Voor ze het wist zou ze teruggaan voor Katie. Bovendien had haar dochter in haar rugzak een boek. De pop die ze Katie Jr. noemden terwijl haar dochter probeerde te bedenken hoe ze hem moest noemen, gaf haar de kriebels. Hij had hem aan haar gegeven. Ze zou een andere pop voor haar halen en die in de prullenbak gooien.

Jennifer was nu bijna thuis en zag een wit busje op de oprit staan. Poncho trok de auto naar binnen en sloot de garage. Ze ging door de voordeur naar binnen en liet Poncho binnen in de hoop dat haar nieuwsgierige overbuurman anders bezig was.

HOOFDSTUK 3

KATIE

Nadat ze het boek twee keer aan haar pop had voorgelezen, legde Katie het weg. Ze keek naar de meeuwen terwijl ze omhoog vlogen en dan weer zo snel naar beneden, hun snavels in het water duwend. Soms doken ze weer op met een kleine vis in hun snavel. Ze applaudisseerde als dit gebeurde. Meer dan eens stopten voorbijgangers om te zien waar ze voor klapte en deden ze met haar mee. Katie voelde zich minder alleen als dit gebeurde.

"Ze is zo schattig," zei een jong stel tegen haar. Omdat het vreemden waren, zei ze niets, maar bleef naar de meeuwen kijken.

De tijd verstreek, terwijl de zon beetje bij beetje langs de hemel zakte en een politieagent stopte. "Is alles in orde?"

'Praat niet met vreemden,' zei de stem van haar moeder in haar hoofd. Hij was echter een politieagent. Hij was iemand die je kon vertrouwen in tijden van problemen. "Ik wacht op mijn mama. Ze is zo terug."

De politieman moest haar geloofd hebben, want hij kantelde zijn hoed en liep door.

"Bedankt," zei ze, hopend dat ze haar moeder naar haar toe zag lopen. Ze sloot haar ogen en opende ze weer, hopend op een ander resultaat. Geen geluk.

Katie streek haar rode jurk plat aan de voorkant. Ze tilde de mouw een beetje op, waar het elastiek haar knelde en een afdruk achterliet. Ze wiegde naar voren en naar achteren. Alleen al de beweging deed het enkelgedeelte van haar sandalen verstrakken, dus stopte ze met het bewegen van haar benen.

Gisteravond hadden Mark en mama haar in bed gestopt. Toen hoorde ze geluiden. Als ze hard waren - schreeuwden - was het eng, maar niet eng genoeg om haar niet in slaap te laten vallen.

Haar mama zei altijd: "Katie, je zou door een tornado heen kunnen slapen." Dit maakte haar aan het lachen.

Toen ze vanochtend het huis verlieten, zei mama dat Mark uitsliep. Daarom moesten ze zich snel aankleden en het huis uit.

Toen de gordijnen aan de overkant bewogen zei Katie: "Ze kijkt weer, mama."

"Maak je geen zorgen over die nieuwsgierige oude vleermuis," zei haar moeder, terwijl ze haar dochter meetrok met de pop die de achterhoede vormde.

Mark was niet Katie's echte vader, maar hij kwam vaak langs. Hij kocht soms dingen voor haar, zoals haar pop. Als hij er was, was haar moeder blij, in het begin. Dan ging hij weg en zei haar moeder dat hij nooit meer terug zou komen. Maar hij kwam altijd terug.

Het kleine meisje leefde in een constante staat van verwarring. Mannen kwamen en gingen. Toch hield ze van de pop die haar tweeling was.

Het probleem was hoe ze haar moest noemen. Ze kon haar niet Katie Twee noemen, want tweelingen hebben niet dezelfde voornaam. Ook al had ze haar al een tijdje, de pop bleef naamloos.

Het kind miste het hebben van een vader meestal niet. Kinderen missen niet vaak iets wat ze nooit hebben gehad. Tot de maatschappij hen eraan herinnert - zoals een Vaderdaglunch op school.

"Wil jij mijn vader zijn, op school voor de Vaderdaglunch?" vroeg Katie aan Mark.

"Graag schat," antwoordde hij.

"Maar Mark is een drukbezet man," zei haar moeder.

Toen Vaderdag aanbrak, was Katie het enige kind zonder vader. Andere kinderen zonder vader brachten grootvaders, broers of ooms mee. Katie, die ook geen van deze kinderen had, was nog meer radeloos.

Toen Katie aan tafel in tranen uitbarstte, belde haar moeder de directeur. Ze eiste dat de school Vaderdag helemaal zou verbieden.

Katie wilde niet dat het voor iedereen werd afgelast. Het enige wat ze wilde was inclusie. Als Mark er was geweest, was alles voor iedereen goed geweest.

Een meeuw dook vlakbij. De vogel poepte midden in de klep en liet een souvenir achter. Het spatte over de jurken van het kind en de pop. Katie veegde eerst de tranen uit haar ogen. Daarna deed ze hetzelfde bij de pop.

Ze wenste dat haar moeder snel terug zou komen.

HOOFDSTUK 4

BENJAMIN

Het was nu laat in de middag en Benjamin was op weg naar de bank. Hij wierp een blik in de richting van de waterkant: het kind was er nog! Hij had gelijk gehad met zijn eerste gevoel - haar moeder was een schandelijke ouder. Een klein meisje de hele dag alleen aan de waterkant achterlaten was verlating.

Hij haastte zich naar de bank. Hij moest de dagopbrengst wegwerken voordat de bank sloot. In plaats van het risico te lopen om te wachten, stortte hij het geld in de automaat en ging toen terug om naar het kleine meisje te kijken.

Abe had hem al twee keer een sms gestuurd met de vraag waar ben je?

Eerst had hij het spannend gevonden om Abe kennis te laten maken met technologie, maar nu was het een pain in the ass. Niet dat Abe Benjamin wantrouwde. In feite waren de man en zijn vrouw de wettelijke voogden van Benjamin. Hoewel Abe in de mensenhandel zat en goederen verkocht aan het publiek, was hij geen mensenmens.

"Ik heb eerst 2 t/c van iets nodig," antwoordde de tiener.

"Okie, dokie," antwoordde Abe. "Moet de vrouw uit de keuken roepen om te helpen!"

Hij grinnikte voordat hij een toepasselijke emoji stuurde terwijl hij zijn weg terugmaakte om naar het kleine meisje te kijken.

HOOFDSTUK 5

KATIE

Katie bleef op het bankje in het park zitten. Aan de horizon kon ze zien dat de zon onderging. Het werd al laat. Haar moeder was haar - alweer - vergeten. Het kind moest plassen en overwoog naar huis te lopen. Ze wist de weg maar had geen sleutel. Ze wenste dat ze haar hardlopers aan had, of minder knellende sandalen.

Ze wilde niet buiten zijn als het donker werd. Zelfs nu stelde ze zich voor hoe schaduwen zich om haar heen vormden, gemaakt door weerspiegelingen van wolken. Toen een kraai kraaide, sprong ze op en rilde. Een lieveheersbeestje kroop langs haar been op haar jurk. Ze tilde het op aan haar vinger en liet het langs haar arm omhoog lopen, tot het een gele streep achterliet terwijl het liep.

"Het is goed," fluisterde ze tegen het insect, "iedereen plast." Ze deponeerde het mooie rode insect op de bank en weg vloog het.

Haar maag rommelde en ze rommelde in haar tas en haalde er een gesmolten mini-Kit-Kat uit. Het smaakte zo lekker, maar ze wenste dat het geen mini was en hoopte dat haar moeder snel terug zou zijn.

Het kind deed alsof ze de pop eten gaf en ging toen weer verder met lezen.

Ze had het boek zo vaak gelezen dat haar gedachten teruggingen naar eerder op de dag, toen haar moeder haar vertelde dat ze vandaag niet naar school zou gaan.

"Waarom?" vroeg ze. "Ik wil naar school."

"Vandaag gaan we naar de waterkant. We kijken naar de vogels, luisteren naar de golven en straks gaan we naar het café voor baby chino's."

"Ik ben geen baby meer," protesteerde Katie.

"Ik weet dat je dat niet bent, maar hou je niet nog steeds van Baby Chinos?"

Het kleine meisje duwde haar kin naar buiten, denkend aan Baby Chinos. Ze was nu een grote meid en als haar mama haar kwam ophalen, zou ze in plaats daarvan een extra grote aardbeienmilkshake bestellen.

"Het wordt zo leuk!" weerklonk de stem van haar moeder in haar oren.

"Zo leuk," herhaalde het kind. Toen dwaalden haar gedachten af: "Mag ik haar meenemen?" had Katie gevraagd. Dit had betrekking op haar pop.

"Ja, dat mag, als je haar maar de hele weg heen en terug draagt. En vergeet niet dat je ook je rugzak om hebt."

"Oké mama, dat zal ik doen." Katie stak haar armen door de riemen van de rugzak en sloeg haar armen om het middel van de pop.

Boven haar toeterde een V-vormige groep Canadese ganzen zich een weg door de lucht. Ze merkte dat de zon wat meer onder was gegaan. Ze rilde en nam de hand van de pop in de hare toen voetstappen naderden. Ze hoorden bij een persoon van wie ze, toen ze hem zag, besefte dat hij geen jongen of man was - hij zat er ergens tussenin.

Ze vouwde haar armen om zich heen. Terwijl de zon verder onderging, wenste ze dat ze een trui of een jas had. Ze zag dat de jongen/man geen van beide droeg. Zijn zwarte t-shirt had een rots op de voorkant en daaronder de woorden ZOOM! deden haar denken aan het gelijknamige televisieprogramma. De jongen/man had een gouden kleurtje op zijn gezicht en armen. Hij droeg een zwarte spijkerbroek en hardlopers.

De duisternis naderde en ze wilde dat haar moeder terugkwam en haar weer mee naar huis nam. Tot die tijd wenste ze dat de jongen/man iets, wat dan ook tegen haar zou zeggen.

Ook al hoorde ze niet met vreemden te praten, het geluid van iemand anders' stem als ze zich zo voelde zou haar troosten. Hoewel de jongen/man waarschijnlijk hetzelfde was verteld - praat niet met vreemden.

Het andere was dat als hij met haar zou praten, ze waarschijnlijk zou huilen. Ze wilde niet dat hij dacht dat ze een baby was, want dan zou hij de politie bellen en erachter komen dat dit niet de eerste keer was dat haar moeder haar was vergeten op te halen.

Ze pakte haar boek en gebruikte het als muur zodat de jongen/man haar vallende tranen niet zou zien.

HOOFDSTUK 6

BENJAMIN

Hij liep langs, om te zien of ze tegen hem zou praten, ze had geen woord gezegd, maar ze keek zo verdrietig, toen verstopte ze zich achter haar boek. Hij liep door, verstopte zich toen achter haar in de bosjes zodat hij haar in de gaten kon houden zonder dat ze het wist.

Een keer, herinnerde hij zich, toen hij en de andere kinderen buiten aan het spelen waren, was er een man voorbij gelopen. Hij stopte en sprak met een van de meisjes, keerde toen terug in zijn auto en probeerde haar naar binnen te lokken. Benjamin rende weg en vertelde hun pleegouders wat er was gebeurd. Hij leerde zelfs het kenteken uit zijn hoofd, waardoor ze aangifte konden doen bij de politie.

Het was een van de weinige keren dat ze naar hem luisterden en hij en de andere kinderen mochten niet meer in de voortuin spelen.

Dit kleine meisje zat in een vreselijke situatie en het zou snel nog erger worden als het helemaal donker was. Ja, er was een straatlantaarn bij het bankje, maar dat maakte haar kwetsbaarder. Ze was zo opvallend als een vuurtoren in een storm.

Hij streek met zijn hand tegen de groenblijvende struik. De zoete geur van Kerstmis riep herinneringen op aan vervlogen tijden. Zoals de eerste kerst bij Abe en El thuis. Ze hadden hem meer cadeautjes gegeven dan hij in al zijn kerstmissen bij elkaar had gekregen.

Hij schudde zijn hoofd en vroeg zich af of hij de politie moest bellen? Nee, hij zou nog even wachten. Hij wilde het mis hebben. Hij wilde dat haar moeder terugkwam om haar op te halen. Hij besloot haar iets meer tijd te geven.

Hij scheidde de takken, hun kriebelende naalden deden hem jeuken.

Benjamins moeder en vader zouden hem nooit zo alleen hebben gelaten. Niet met opzet. Ze stierven toen hij nog een jongen was, maakten hem wees - buiten hun schuld om. Ongelukken gebeurden, ja, hij wist van ongelukken. Een ongeluk zou alles verklaren.

Het kleine meisje had het koud en rilde terwijl de zon steeds lager aan de horizon zakte.

Omdat hij haar geen jas kon aanbieden, had hij alleen een vriendelijk gezicht, maar eerst moest hij een Plan A bedenken. En toen hij dat in zijn hoofd had, had hij een Plan B nodig.

Ze hurkte achter de struiken om na te denken.

HOOFDSTUK 7

KATIE

Whoosh, whoosh, hoorde ze toen de wind de bomen kietelde terwijl de dag overging in de nacht. Ze hoorde geluiden achter zich, maar ze durfde zich niet om te draaien. In plaats daarvan pakte ze de andere hand van de pop en hield ze beiden tegen haar borst.

Ze herinnerde zich een keer dat haar moeder besloot haar een lesje te leren. Ze waren in de bioscoop geweest. Ze zei dat ze meer popcorn zou kopen.

"Spreek niemand aan en draai je niet om."

"Oké, mama."

Vanaf de achterste rij, wat Katie niet wist, was dat haar moeder naar haar keek. Zij en een andere man, niet Mark, wachtten tot ze zich omdraaide.

"Ha!" schold haar moeder.

"Ach, laat haar met rust," had haar moeders afspraakje gezegd toen Katie in tranen uitbarstte.

Later verliet hij het theater en moesten ze een taxi naar huis nemen.

Katie's moeder beloofde het spel nooit meer te spelen. Ze sloeg haar armen om zich heen.

HOOFDSTUK 8

BENJAMIN

Nadat hij Plan A en B in zijn hoofd had uitgewerkt, dacht hij na over wat hij zou zeggen. "Alles komt goed," fluisterde hij tegen zichzelf. Nee, dat klonk oubollig. "Ik breng je naar een veilige plek," fluisterde hij, zou ze daar bang van worden? Hij was immers een vreemde. Het was een netelige situatie en hij wilde niet het verkeerde zeggen.

Tegelijkertijd moest hij ook aan zijn eigen veiligheid denken. Hij was een tiener, laat buiten, in een openbaar park. Hij lette op een klein meisje en zorgde ervoor dat haar niets overkwam. Voor anderen zou zijn aanwezigheid verkeerd opgevat kunnen worden.

Om nog maar te zwijgen over het feit dat jongens alleen in openbare ruimten in allerlei situaties terecht konden komen. Vooral als er

jongens langskwamen die hem wilden bespringen of ruzie wilden veroorzaken.

Ooit, lang geleden, was hij meedogenloos achtervolgd door zo'n meute - alleen maar ontkomen omdat hij sneller rende. Alleen er nu al aan denken bracht alle verschrikkingen terug. Hij sloeg zijn armen om zich heen.

Hij stelde een tijdslimiet in. 'Als niemand haar binnen dertig minuten komt ophalen,' fluisterde hij, 'dan zal ik met haar praten.'

Toen er dertig minuten voorbij waren, herzag hij de plannen. Plan A, hij zou aanbieden om te helpen door met haar naar huis te lopen. Plan B, als ze haar adres niet wist, zou hij aanbieden haar naar het politiebureau te brengen. Hoe dan ook, hij zou de waterkant niet verlaten voordat dit arme, verlaten kind ergens veilig was.

HOOFDSTUK 9

KATIE

Ze ging rechtop zitten, gealarmeerd door voetstappen in de verte. Hoge hakken. Haar hart zwol op. Haar moeder kwam haar eindelijk weer ophalen!

Ze tilde de pop op en keek omhoog naar de straatlantaarn boven haar. Ze stelde zich voor dat het licht naar beneden stroomde en haar verwarmde. Ze wenste dat ze daar eerder aan had gedacht, want ze had het niet meer koud. Verbeelding was een magisch iets; je kon altijd vreselijke dingen wegdenken.

Ze herinnerde zich de andere keren dat haar moeder haar had verlaten. Eén keer was ze het enige kind geweest dat aan het einde van de dag nog op school was. Een van de leraren had haar opgemerkt en nam haar mee naar het schoolhoofd alsof ze zelf iets verkeerd had gedaan. Dat had ze niet.

Later, toen haar moeder haar kwam ophalen, huffelde het schoolhoofd.

Bij andere gelegenheden had haar moeder haar voor langere tijd achtergelaten bij mensen die ze kende. Deze keer was anders. Ze was helemaal alleen.

HOOFDSTUK 10

BENJAMIN EN KATIE

Benjamin ritselde in de groenblijvende struik en observeerde het kleine meisje. Voor hem was ze als een zusje, ook al hadden ze elkaar nog niet eerder ontmoet. Hij was wijzer dan zijn leeftijd. In het pleeggezin moest hij anderen beschermen. Een of twee keer moest hij zichzelf in gevaar brengen omdat niemand wilde luisteren. Terwijl hij op zijn telefoon keek, haalde hij diep adem. De tweede dertig minuten waren voorbij. Dan zou hij naar haar toe gaan.

Hakken klikten op de stoep.

Hij stak zijn hoofd uit de struiken en wuifde een tak weg. Hij wilde het langverwachte gelukkige weerzien zien. Deze vrouw was niet de moeder. Ze liep door.

Hij zuchtte.

Totdat de vrouw zich omdraaide en het kleine meisje op het bankje naderde. Ze boog zich voorover en fluisterde iets.

"Het spijt me, maar ik mag niet met vreemden praten," zei Katie, terwijl ze achterover leunde.

De vrouw rook alsof ze een bad had genomen in de stinkende rode wijn die mama en Mark in mooie glazen dronken. Ze gebruikte haar vingers om haar neus dicht te stoppen.

"Mijn naam is Jenny," zei ze. "Hoe heet jij?"

Ze sprak niet, maar bleef haar neus dichthouden om de geur te verdrijven.

"Je bent te jong om hier helemaal alleen te zijn. Waar zijn je ouders?" De vrouw keek om zich heen en fluisterde: "Kom op en zeg me hoe je heet, dan zijn we geen vreemden meer."

Benjamin hoorde niets, totdat de vrouw zei: "Sta op!"

En in een flits was hij daar, alsof er een granaat was afgeworpen.

De vrouw die Jenny heette stak haar hand uit en probeerde Katie te dwingen hem aan te nemen, maar ze hield nog steeds stevig haar neus vast met haar ene hand en haar pop met de andere.

"Daar ben je!" zei hij terwijl hij met zijn wijsvinger naar haar zwaaide. "Ik zei dat je tot tien moest tellen en me dan moest komen zoeken!"

"Ik," zei ze, "het spijt me."

"Tut," zei de vrouw die Jenny heette, terwijl ze in haar handtas rommelde en haar telefoon tevoorschijn haalde. Ze legde hem aan haar oor, begon te praten en liep weg. In de duisternis weerklonk het geluid van haar klikkende schoenen.

"Vind je het erg als ik hier met je wacht?" vroeg hij. Ze knikte en hij ging naast haar op het bankje zitten. Toen

het geluid van klikkende hakken niet meer te horen was, zei hij: "PU, ik weet nu waarom je je neus dichthield!"

"De geur is slecht, maar het smaakt nog slechter."

"Heb je wijn geproefd?" vroeg hij.

"Eén keer, het is geheim. Mama weet het niet."

"Je geheim is veilig bij mij," zei hij. "Eh, wil je dat ik met je meeloop naar huis?"

"Ik wacht op mijn mama. Ze zou me zo moeten komen ophalen." Haar stem trilde en ze keek naar haar voeten.

"Is er iemand die ik kan bellen om je op te halen? Helemaal niemand?"

"Nee. Mama komt altijd."

"Vind je het dan niet erg als ik hier met je wacht?"

"Zoals je wilt," zei Katie.

Het trio zat samen op het bankje in het park. Een blondharig klein meisje met een lookalike pop en een donkerharige tiener.

"Hoe heet je?" vroeg ze. "Ik heet Katie."

"Ik ben Benjamin, maar je mag me Benji noemen, als je dat wilt."

"Ik heb ooit een film gezien met een hondje dat Benji heette. Hij zag er smerig uit, net als jij."

Hij streek met zijn vingers door zijn haar.

"Oh, dat was niet mijn bedoeling," zei ze. "Ik bedoel, je ziet er niet al te smerig uit."

Hij lachte en zij ook. Ze luisterden een tijdje naar de golven die op de rotsen sloegen en keken naar de sterren die dansten aan de hemel boven hen.

Ze rilde.

"Oh, wat heb je het koud. Ik wou dat ik je een jas kon geven."

"Maakt niet uit, het is de gedachte die telt."

"Je hebt gelijk, het is de gedachte. maar het zijn ook de acties en intenties achter de gedachten die hen inspireerden. Wat ik bedoel is: de follow-up. Begrijp je wat ik bedoel?" Ze knikte.

Ze zaten een paar tellen stil bij elkaar voordat Benjamin weer sprak.

"Wist je dat je het tegenovergestelde kunt denken van hoe je je voelt, en alles kunt veranderen?"

"Ik weet dat verbeelding macht is," zei ze met een opgetrokken wenkbrauw. "Maar hoe?"

"Ah, je bent een scepticus?"

"Ben ik dat?" aarzelde ze. "Wat ben ik?"

"Een scepticus is iemand die niet gelooft wat ze heeft gehoord - tenzij ze bewijs heeft. Wil je dat ik je laat zien hoe, om alles te veranderen?"

"Ze grijnsde: "Ja, graag!"

Hij begon: "Als ik het koud heb, zing ik een liedje in mijn hoofd dat het tegenovergestelde is van koud zijn..."

"Bedoel je warm?"

Hij knikte.

"Ik ken geen warme liedjes."

"Als je geen warm liedje kent, verzin je er zo een:

Het is belachelijk warm vandaag,
Mijn ijs smelt.
Terwijl de zon naar beneden schijnt
Terwijl de zon op mij schijnt.
De chocolade smelt.
Smaakt nog beter
Met de zon die naar beneden schijnt
Met de zon die zo warm naar beneden schijnt."

"Ik ken het deuntje, maar het heeft andere woorden," zei ze.

"Ah, je herkende dat ik mijn woorden zong voor Frère Jacques."

"Dat is heel slim," zei ze.

"Voel je je nu warmer?"

Ze was gestopt met rillen en het kippenvel op haar armen was verdwenen. "Het werkt!"

Ze bleven samen het liedje zingen, op de melodie van Frère Jacques. Al snel kregen ze allebei een hongergevoel van het zingen over eten.

"Kun je fluiten?" vroeg hij.

Ze keek naar haar voeten. "Nee, maar ik hoef niet te weten hoe - niet als ik de woorden ken."

"Klopt," zei hij.

Ze gingen weer naar de hemel kijken. Toen ze de man in de maan vond, deed ze alsof ze

een stuk kaas van zijn gezicht afbrak. Ze bood eerst een hap aan Benji aan.

"Dit is de beste kaas die ik ooit geproefd heb."

Ze nam nog een hap, "Ik zit zo vol," riep ze met een zucht uit."

Ze waren even stil.

"Hoe ver weg woon je?"

"Het is niet ver, maar met deze sandalen aan - ze knellen - lijkt het er wel op. Bovendien heb ik geen sleutel."

"Oh, ja ik zie dat je enkels er inderdaad rood uitzien."

"Bovendien mocht ik van mijn mama niet van deze plek af."

Hij sloeg zijn armen over elkaar. "Oké, we zullen wachten, maar het is niet veilig voor ons, om hier nog veel langer te blijven."

"En je papa en mama dan?" vroeg ze, nu ze de kou weer begon te voelen en het zonnige liedje in haar hoofd zong.

"Die zijn in de hemel."

"Het spijt me," zei ze, terwijl ze over zijn hand klopte.

"Het is oké, het is jaren geleden gebeurd." Hij was stil en zong het zonnige liedje in zijn hoofd. "Ik heb een idee. Je zou bij mij thuis kunnen komen. Jij zou in het bed kunnen slapen en ik in de grote comfortabele stoel. We kunnen 's ochtends terugkomen en dan op je moeder wachten."

"Als mijn moeder terugkomt, als ik ook maar een centimeter bewogen heb - zal ze boos zijn."

"Ik zal alles uitleggen. Ze zou je ergens veilig willen hebben. Bij mij zul je veilig zijn."

"Oh," zei ze, terwijl ze om zich heen keek. "Het is donker."

"Ja, en als het laat en donker is - nou, dan kun je op het verkeerde moment op de verkeerde plaats zijn. Er kunnen vreselijke dingen gebeuren."

Ze sloeg haar armen over elkaar, nu ze het weer koud had.

"Ik wil je niet bang maken, maar ik denk dat ik je naar huis moet brengen. Misschien wacht je mama daar al."

"Ik denk het niet, maar..."

"Het is het proberen waard," stond hij op. "Eens kijken wat je pop ervan vindt." Hij deed een paar stappen en leunde voorover, alsof de pop in zijn oor fluisterde. "Oh ja," zei hij. "Ik weet het, maar de mama van je vriend zou het vast wel begrijpen. Hmm. Ja."

"Wat zegt ze?"

"Ze wil ook naar huis. Het is een vreselijk lange dag geweest." Dan tegen de pop: "Maar Katie's voeten doen echt pijn, dan moeten we jou hier laten zodat ik haar naar huis kan brengen."

"We kunnen haar hier niet achterlaten. Ze is mijn beste vriendin."

"En een goede vriendin is ze, om je hier de hele dag gezelschap te houden."

Hij keek op zijn telefoon, de batterij zou snel leeg zijn. Hij kon haar en de pop niet op zijn rug dragen. Moest hij 911 bellen en de politie laten komen om haar op te halen? Naar het politiebureau lopen was een optie, maar het was een heel eind lopen.

"Weet je de weg, naar jouw huis?"

"Ik denk het wel."

"Oké, Katie, dus ik stel Plan A voor."

"Wat is, Plan A?"

"Plan A is dat ik je naar huis breng, zodat je niet hoeft te lopen en je voeten niet nog meer pijn doen. Als je mama thuis is, dan kom ik terug en breng ik je pop naar je toe. Klinkt dat goed voor jou?"

"Ja, Plan A bevalt me wel."

"Nu Plan B," zei hij. "Als je een Plan A hebt, moet je ook altijd een Plan B hebben."

Ze sloeg haar armen over elkaar en knikte.

"Plan B, alleen als je mama niet thuis is, kan de ene of de andere kant op gaan."

"Welke manier zal ik het leukst vinden?" vroeg ze en wachtte toen op zijn antwoord.

Hij overwoog de opties opnieuw. Moest hij de politie bellen, of haar mee naar huis nemen en 's ochtends terugkomen? Hij legde het uit.

"Hoe dan ook, ik moet mijn pop hier achterlaten, toch?"

"Zullen we haar daar in de groenblijvende struik verstoppen? Dan lijkt het net of ze onder de kerstboom op je wacht! Dan kunnen we 's ochtends terugkomen om haar op te halen. Dan ruikt ze naar Kerstmis en kan ze je alles over haar avontuur vertellen."

Ze boog zich voorover en de pop fluisterde iets. "Oké," zei ze.

Een deel van hem hoopte dat haar moeder thuis zou zijn. Het andere deel maakte zich zorgen over haar achterlaten bij een moeder die niet de moeite nam om haar op te halen. Hij hoorde El's stem in zijn hoofd. 'Oordeel niet,' zou ze zeggen. Zoals altijd zou El - hoopte hij - gelijk krijgen.

El was getrouwd met Abe. Ze waren zijn wettelijke voogden, zijn huisbazen en zijn werkgevers. Sinds hij van de middelbare school af was, bracht hij de meeste tijd met hen door en hij wist dat ze het zouden begrijpen - en willen helpen.

Benjamin zwaaide zijn arm naar beneden en boog voor haar. "Vrouwe, bent u klaar om naar huis vervoerd te worden?"

"Ik ben iets vergeten," zei ze, met haar lip in een pruillipje.

Zijn wenkbrauwen gingen omhoog, "Wat ben je vergeten?"

"Ik mag niet met vreemden praten."

"Ja, nou, we zijn geen vreemden meer. Je kent mijn naam en ik ken jouw naam, en ik ben blij dat ik je vervoer terug naar je nederige huis kan aanbieden." Hij ging op één knie zitten.

"Sta op!" commandeerde ze giechelend, terwijl ze op de bank ging staan. Benji draaide zich om en ze sloeg haar armen om zijn nek en al snel waren ze weg.

"Wacht even," commandeerde ze, wijzend naar de pop.

"Oeps," zei Benji, terwijl hij de pop opraapte. Hij verstopte het onder de groenblijvende struiken.

"Je hebt gelijk," zei Katie. "Het ruikt hier echt naar Kerstmis."

"Alles klaar om te gaan nu?"

Nadat ze hem had verteld wat het was, typte Benjamin Katie's adres in zijn telefoon.

Ze giechelde. "Vind je het erg als ik je een vraag stel?"

"Nee, ga je gang."

"Het is persoonlijk, over je mama en papa."

"Ik vind het niet erg, het is lang geleden gebeurd. Vraag maar raak."

"Mama zegt altijd dat ik niet te persoonlijk moet worden."

"Ik vind het prima."

"Doe je dat, met ze praten?"

Hij was verbaasd. Niemand had hem ooit die vraag gesteld. "Nee," antwoordde hij.

"Nooit?"

"Nope."

"Draai hier nog eens." Hij draaide zich om. "Denk je niet dat ze eenzaam zijn zonder jou?"

"Ik," hij wist niet hoe hij moest antwoorden dus deed hij het een paar minuten niet. "Ze hebben me achtergelaten, alleen. Het was een ongeluk, maar..."

"Je praat niet met ze omdat je denkt dat het ongeluk hun schuld was?" Ze hield zich steviger vast en liet haar hoofd tegen zijn schouder rusten.

"Ik ben niet boos op hen. Ze hebben me niet expres verlaten, maar ja, ik ben boos."

"Op god?"

"Ik was boos op iedereen, toen ontmoette ik de Julius.' Ze namen me op en gaven me een thuis. Ze hielpen me een nieuw leven op te bouwen. Om weer deel uit te maken van een familie. Ze zeiden zelfs dat ik mocht huilen. Als jongen was ik niet gewend dat dat oké was. Je bent een klein meisje, dus ik moet je niet met mijn problemen opzadelen. Ik denk dat we ergens anders over moeten praten."

Het engeltje zei een paar minuten niets. Ze was vast in slaap gevallen.

Hij kwam er al snel achter dat ze gelijk had over de afstand. Het was helemaal niet zo ver geweest.

Het eerste wat hem meteen opviel was dat haar huis in totale duisternis stond. Hij had gehoopt op zijn minst het licht van de veranda te zien branden om het kind thuis te verwelkomen. In plaats daarvan was het ook pikdonker en vond hij het moeilijk

om de deurbel te vinden. Hij belde een paar keer aan, maar er werd niet opgenomen, zoals hij had verwacht.

Hij stapte achteruit en liet zijn ogen over alle omringende huizen aan weerszijden van de straat gaan. Ook zij waren allemaal in duisternis gehuld, hoewel hij even dacht dat hij een gordijn zag bewegen op de bovenste verdieping in het huis aan de overkant. Omdat hij geen andere keuze had, ging hij terug naar waar hij vandaan kwam.

Kleine Katie was niet zwaar, maar ze zou zwaarder worden naarmate de tijd verstreek en om bij hem thuis te komen, was het nog een heel eind lopen. Hij was echter superblij dat hij niet had ingestemd met het sjouwen van de pop. Hij hoopte dat het veilig genoeg zou zijn waar het was.

Ze hief haar hoofd op, "Is het je opgevallen?"

"Wat?"

"Soms beweegt het gordijn aan de overkant. Mama zegt dat we een nieuwsgierige buurman hebben."

"Oh, ik heb niets gemerkt. Maar zijn het aardige buren?"

"Ik weet het niet. Mama zegt altijd dat ik niet met vreemden moet praten."

"Zelfs je buren?"

"Ja, vooral onze nieuwsgierige buren."

"Oké, Katie, dus ik denk dat we nu op plan B zitten."

Ze gaapte. "Plan B."

"Ja, m'lady," zei hij, terwijl hij het tempo opvoerde. Ze snurkte op zijn schouder, terwijl er een sirene afging. Hij sloot zijn ogen toen stof en stukjes papier door de wind werden opgezweept. In de verte blafte een hond.

Ze hief haar hoofd op toen ze bij de voordeur van de Julius aankwamen. "We zijn er," zei hij, "Maar shhh, El en Abe slapen. Mijn appartement is daarboven." Hij wees de trap op. Toen ze boven waren, snurkte ze luid. Hij deed haar knellende sandalen uit en stopte haar toen in bed.

Ze sliep nog half. "Ik moet plassen," zei ze.

Hij liet haar zien waar de badkamer was en ging toen naar het keukentje waar hij broodjes kaas en warme chocolademelk voor ze klaarmaakte.

"Waar ben je, Benji?" vroeg ze toen ze uit de badkamer kwam.

"Hier," zei Benjamin, terwijl hij de broodjes en chocolademelk op een dienblad droeg.

Na het eten gaapte Katie de grootste brede gaap en installeerde zich om te gaan slapen. Hij stopte haar in en merkte dat ze al diep in slaap was.

Hij trok zijn schoenen en sokken uit en gooide een deken over zich heen op de comfortabele stoel. Ook hij sliep in een mum van tijd.

HOOFDSTUK 11

BENJAMIN EN ABE

's Ochtends toen het eerste beetje licht door de gordijnen naar binnen glipte, werd Benjamin wakker. Hij rekte zich uit en vergat even waarom hij op de comfortabele stoel sliep. De deken rolde van hem af en kwam als een bult op de grond terecht. Hij stond op en hoewel hij een jonge man was, deed zijn lichaam pijn. Hij zou de stoel een andere naam moeten geven, want hij beschouwde hem niet langer als een luie stoel.

Hij schudde de pijn uit en toen viel zijn blik op Katie. Hij fluisterde haar naam, hoewel ze lag te snurken. Alsof ze wist dat hij aan haar dacht, stak ze haar hand op. Hij dacht dat ze over school aan het dromen was. Ze mompelde iets onverstaanbaars, liet haar hand zakken en draaide zich naar het raam en ging weer slapen.

Benjamin liet haar verder slapen en liet de deur op een kier staan zodat hij haar kon horen als ze wakker werd.

Terwijl hij zich van haar deur verwijderde, vroeg hij zich af of zij het soort kind was - zoals hij was geweest - dat bang werd als ze wakker werd op een onbekende plek. Omdat ze had gezegd dat haar moeder haar vaak bij anderen achterliet - maar altijd voor haar terugkwam - wilde hij het zekere voor het onzekere nemen.

In de badkamer ruimde hij zichzelf op en zette toen de ketel in zijn keukentje aan de kook. Hij snakte naar een dampende, zoete kop thee en toast met boter.

Terwijl hij wachtte, dacht hij na over families en hoe Katie's vragen een aantal onopgeloste problemen in zijn hoofd hadden opgeroepen.

Zijn ouders waren gestorven en lieten hem als wees achter. Hij realiseerde zich dat hij het hen kwalijk nam dat ze hem hadden verlaten, ook al was het buiten hun schuld om. Omdat hij geen andere bloedverwanten had, ging hij naar een pleeggezin. Hij sloot zich af, schermde zich af in dat systeem nadat zijn eerste periode in een mishandeld tehuis was geweest.

Na die ervaring was hij van een rouwend kind veranderd in een doodsbang kind. In plaats van hem naar een veilig thuis te brengen, brachten ze hem naar een nog slechter thuis. En toen naar nog een en nog een. Hij dacht dat hij de pech toen verdiende, maar nu wist hij dat hij daar beschermd had moeten worden. In plaats daarvan kon hij niemand vertrouwen en ging hij in de vecht- of vluchtmodus. Omdat hij te klein was om voor zichzelf te vechten tegen alle volwassenen en andere kinderen in de tehuizen, deed hij dat laatste. Misschien vond hij het daarom nodig om na zoveel jaren zijn ouders de schuld te geven, omdat hij iemand anders de schuld moest geven dan zichzelf.

Nadat hij gevlucht was, haalden ze hem in en stopten hem opnieuw in een tehuis waar hij zowel lichamelijk als geestelijk mishandeld werd. In sommige gevallen verkoos hij het fysieke boven het psychische. En weer vluchtte hij om nooit meer iemand te vertrouwen.

Toen kwam hij bij toeval El en Abe tegen. Ze maakten een avondwandeling en hielden elkaars hand vast. Ze waren oud, misschien wel twee keer zo oud als zijn ouders. Toen hij zijn hart voor hen opende, omhelsde El hem. Ze gaf hem te eten. Abe luisterde. El nodigde hem uit om te komen slapen in hun logeerkamer. Sindsdien heeft hij hun huis nooit meer verlaten, behalve toen hij van de logeerkamer naar zijn eigen appartement verhuisde. Dat was op zijn dertiende verjaardag.

Terwijl hij in zijn thee roerde en er suiker aan toevoegde, dacht hij aan Katie's moeder. Was ze teruggekomen? Zou ze er nog zijn als Katie wakker werd? Hij hoopte van wel. Hij hoopte dat ze zo blij zou zijn dat haar dochter veilig was. Zo blij en zo opgelucht dat ze haar nooit meer in de steek zou laten. Maar slechte ouders blijven altijd slechte ouders. Luipaarden veranderden niet van vlek.

Hij stelde zich voor hoe Katie's moeder de pop in de bosjes zou vinden. Zou ze in paniek de politie bellen?

Zijn vingerafdrukken zouden er overal op staan. Toch zou hij

niets veranderen, ook al kon hij het, want hij wilde haar alleen maar helpen.

Hij hield zijn mok vast en ijsbeerde. Misschien had hij het kind naar het politiebureau moeten brengen. Nu zou hij in de problemen kunnen komen. Zelfs als tieners de waarheid vertelden, alles opbiechtten - volwassenen geloofden hen niet. Niet als er nog een volwassene bij betrokken was.

Hij nam nog een slok toen iemand op de deur van zijn appartement klopte. Het was meneer Julius, Abe, zijn voogd, huisbaas en baas. "Kom mee, shhh," zei hij terwijl Abe hem de trap op volgde naar zijn appartement. Benjamin liet Abe een glimp zien van de slapende Katie. Omdat ze de dekens had afgetrapt, liep hij op zijn tenen naar binnen en legde ze weer over haar heen. Zwijgend keerden ze terug naar de keuken.

"Wie is zij?" vroeg Abe.

Benjamin aarzelde, zich afvragend waar te beginnen. "Ze heet Katie en haar moeder heeft haar gisteren niet opgehaald

van de waterkant gisteren. Ik wist niet wat ik anders moest doen, dus heb ik haar hierheen gebracht."

Abe vertelde Benjamin dat hij haar meteen naar het politiebureau had moeten brengen.

Benjamin schudde zijn hoofd. "Ze was te moe en te bang." Hij stond op, trok de stekker uit zijn opladende telefoon: "Ik kan ze nu bellen."

"Wacht," zei Abe. "Laten we erover nadenken nu ze hier is." Ze dronken meer thee in stilte. "Je hebt het juiste gedaan. Ik ben trots op je."

"Katie en ik hebben het er gisteravond over gehad om haar naar het bureau te brengen. We besloten te wachten en haar moeder vanmorgen nog een kans te geven. Ook hebben we haar pop daar achtergelaten. Ze is levensgroot, een van de kerstimporten die jullie verkopen."

Abe glimlachte. "Oh echt? Ik herinner me haar niet, maar misschien El wel. Hoewel, we zijn vast niet de enige zaak die de poppen verkoopt."

"Klopt," zei Benjamin. "Nog meer thee?"

Abe knikte toen na een moment van stilte. "Ik denk dat elke ouder een tweede kans verdient, maar als ze vanochtend niet komt opdagen, dan bel ik de politie."

Benjamin schonk meer thee in Abe's kopje. Hij aarzelde en fluisterde toen. "Als Katie's moeder haar als vermist had opgegeven nadat ik haar hier had gebracht, dan zouden ze naar mij op zoek gaan. Ze zouden me zelfs kunnen arresteren als ik terugging om de pop op te halen."

"Wacht even," zei Abe. "Heeft iemand je gezien?"

"Een vrouw, probeerde Katie mee te krijgen."

"En verder niemand?"

"Een agent heeft eerder op de dag kort met haar gekletst, maar hij kwam niet meer terug. Hij heeft mij niet met haar gezien."

"Het heeft geen zin om je zorgen te maken over de coulds en de mights," zei Abe. "Je kunt haar daar niet de hele nacht laten liggen. Dat is regelrechte verwaarlozing, om nog maar te zwijgen van een misdaad van haar moeder. Als je het kind negeert, ben je medeplichtig." Hij nipte. "Hoewel je het juiste hebt gedaan, is de ontvoering van dat kind ook een misdaad."

Benjamin slikte: "Ik, ik heb haar hier gebracht, in veiligheid."

Abe klopte op de rug van de tiener's hand. "Dat weet ik en dat weet jij ook, maar zal de politie je verhaal geloven?"

Benjamin trok zijn hand weg door te gaan staan. Hij begon te ijsberen. "Als ze wakker wordt, breng ik haar meteen naar de plek waar haar moeder haar heeft achtergelaten. Ik zal het haar moeder uitleggen. Ze zal het begrijpen. Ik zal zorgen dat ze het begrijpt."

Abe stond ook op. Hij pakte zijn kopje en spoelde het uit. "Dat zou dapper zijn. Maar wat als de nalatige moeder je ervan beschuldigt dat je haar dochter hebt meegenomen om zichzelf

uit de problemen te halen? Ik bedoel als ze haar wel als vermist heeft opgegeven. Heb je erover nagedacht wat er in dat geval zou gebeuren?"

Benjamin ging zitten en legde zijn handen aan weerszijden van zijn hoofd. "Wat moet ik dan doen?"

"Ga naar de waterkant en haal de pop op. Als de moeder daar is, dan is dat uitstekend breng haar dan mee terug naar hier. Zo niet, kom dan terug en laat mij het afhandelen met Brigadier Miller op het bureau. Ken je Alex Miller nog?"

"Ja. Dank je, Abe."

"Jij, die," riep El van beneden.

"Kom maar kijken," zei Benjamin, "kom maar naar boven." Toen ze boven was, legde hij zijn vinger op zijn lippen, "Shhh." Ze knikte en ze tippelden de logeerkamer binnen, waar Katie nog heerlijk lag te slapen.

"Een kind. Wat in hemelsnaam?"

"Maak je geen zorgen, ik licht haar wel in over de details. Ondertussen," zei Abe, "ga jij naar de waterkant terwijl het kind slaapt. Als haar moeder er niet is, kom dan meteen terug."

Benjamin knikte. "Bedankt, Abe en El. Ik zal rennen."

Abe legde alles uit aan zijn vrouw. "Ik ben benieuwd of de moeder dit soort dingen in het verleden heeft gedaan."

"Dat vroeg ik me ook af," zei El.

Benjamin liep ondertussen naar de waterkant waar hij de pop oppikte. Zijn telefoon trilde.

"Enig teken van de moeder?" sms'te Abe.

"Nee, maar ik heb de pop. Ik kom nu terug."

Abe stuurde hem een duim omhoog emoji. Hij zei tegen El: "Geen teken van de moeder van het kind en ik moet me klaarmaken voor de opening van de winkel."

"Ik blijf hier bij haar," zei El. Ze ging in de stoel zitten terwijl Katie verder sliep. Enige tijd later ging El zich opfrissen ter voorbereiding op haar dienst.

HOOFDSTUK 12

KATIE EN BENJAMIN

Katie en haar pop zaten zij aan zij in een reuzenrad, dat rond en rond ging. Toen het de top bereikte, stopte het, terwijl hun benen over de rand bungelden. Ze maakte haar greep vast rond de stang. Even voelde ze zich veilig en geborgen. Totdat de stang tussen haar vingertoppen oploste en de auto begon te schommelen. Naar achteren en naar voren, toen van links naar rechts. In de verte huilde de wind, toen huilde een hond. De pop begon weg te glijden. Ze reikte naar hem toe om hem te grijpen, en de kar kantelde en ze vielen.

Ze gilde!

Toen was Benjamin teruggekomen. Hij rende de kamer in. "Word wakker Katie," zei hij. "Je hebt een nare droom."

Toen ze zich realiseerde dat ze veilig was, sloeg Katie haar armen om hem heen en hield zich stevig vast. Toen haar ademhaling vertraagde, gaapte ze en zei: "Ik heb honger!"

"Gelukkig maar, want je bent uitgenodigd voor het ontbijt met Abe en El, kom mee."

Ze verlieten Benjamins appartement en gingen het huis binnen. In de keuken plofte Benjamin acht eieren in een pan kokend water. Hij vroeg Katie om de broodrooster te bemannen, want ze zouden acht sneetjes nodig hebben.

"Ik ben dol op toastsoldaten!" riep Katie uit. Toen het brood geroosterd was, smeerde Benjamin het in met boter. Hij sneed het in reepjes: de perfecte maat om in de dunne eidooiers te dopen.

"Waar droomde je over?" vroeg Benjamin. "Soms is het beter om een nare droom te delen. Als je dat wilt."

"Ik, ik wil er niet aan denken," zei Katie en nam plaats aan de keukentafel.

Mevrouw Julius, El, stak haar hoofd in de keuken. "Hallo," zei ze met een glimlach in haar richting.

Katie schoof haar stoel naar achteren, liep naar El toe en sloeg haar armen om de middel van de vreemdelinge. Ze knuffelde stevig, alsof ze elkaar al eerder hadden ontmoet.

El klopte haar lang op haar hoofd, terwijl ze tegen de tranen vocht, en schoof haar toen naar de tafel.

Benjamin keek toe en begreep hoe Katie zich voelde. El had zo'n gezicht, die ogen, waaruit vriendelijkheid, zachtheid vloeide. Hij had zelf meteen een oogje op haar laten vallen en nu deed Katie hetzelfde.

"Nou, ik kan dit maar beter naar de winkel brengen zodat Abe een hapje kan eten," zei El. "Je weet hoe erg hij het haat om alleen in de winkel te werken. Zaterdag is onze drukste dag. Deze traktatie zal een welkome verrassing zijn."

Benjamin bracht de eieren in eierdopjes naar de tafel.

El sloot de deur achter zich op weg naar buiten.

"Ze is een aardige dame, hè?"

Katie straalde zowel met haar ogen als met haar glimlach. "Ja, ze is mijn eerste instant vriendin."

Benjamin schudde zijn hoofd. "Instant friend - dat is nieuw voor mij." Hij raakte de bovenkant van een van de eieren aan, ze waren nog te heet om open te breken.

Katie haalde diep adem en sloot toen haar ogen. Ze opende ze weer. "Heb ik je gevoelens gekwetst? Omdat jij en ik niet meteen vrienden waren?"

Benjamin glimlachte. "Helemaal niet." Hij kraakte het eerste ei open. "Ik vroeg het me gewoon af." Hij deed een beetje boter en zout op het ei, kraakte toen een ander open en deed hetzelfde.

"Ik heb mijn oma nooit ontmoet. El, leek op de oma in mijn hoofd - daarom is ze meteen een vriendin."

"Klinkt logisch."

El kwam terug en de drie doopten hun broodsoldaatjes in de loopneuseieren.

"Je bent echt een uitstekende kok," zei Katie.

Hij glimlachte terwijl ze opruimden en de vuile vaat in de vaatwasser stopten. "Laten we verder gaan. Vergeet niet dat we dingen te doen hebben."

"En plaatsen om te zien," giechelde ze.

"Ik ben blij dat je er bent," zei El.

✳✳✳

Benjamin kamde Katie's haar, waarvan hij merkte dat het naar honing en kaneel rook.

"Mijn mama is me vast aan het zoeken. Kunnen we haar nu gaan zoeken aan het water?"

Met een glimlach ging Benjamin de kamer uit, vragend: "Ben je niet iemand vergeten?" Hij kwam een paar seconden later terug en verstopte iets achter zijn rug. "Voila!" riep hij uit terwijl hij de pop aan Katie onthulde.

Ze sloeg haar armen om de pop heen, kirde en fluisterde hoe erg ze haar tweelingzus had gemist. Benjamin had gelijk gehad, haar pop rook naar kerstochtend en dat was maar goed ook. Wat niet zo goed was, was dat ze zich op sommige plekken een beetje doorweekt voelde. Ze trok een gezicht.

"Ah, je hebt gemerkt dat ze een beetje vochtig is," zei Benjamin. "Breng haar hier bij de ventilator en ze is in een mum van tijd weer helemaal fris."

Samen plaatsten ze de pop bij de verwarming, waarna Benjamin voorstelde. "Hoe zou je het vinden om je tanden te leren poetsen met je vinger? Totdat je een tandenborstel hebt?"

Katie piepte en had plezier in het leren. Daarna vetersde Benjamin haar sandalen.

"Je mama was er niet, aan de waterkant, toen ik vanmorgen de pop ophaalde."

Haar onderlip ging naar buiten. Het trilde.

Hij keek naar zijn voeten. "Maak je geen zorgen. Meneer Julius, ik bedoel Abe, heeft een vriend die op het politiebureau werkt."

"Oh, nee," zei Katie.

"Wat is er aan de hand?"

"Ze komen er wel achter."

"Waar achter komen?"

"Dat kan ik je niet vertellen, maar ik wil niet dat mijn mama in de problemen komt."

"Maak je geen zorgen, de vriend van Abe is een aardige man. Hij weet wel hoe hij moet helpen. Ondertussen kunnen jij en ik vandaag met El optrekken."

Het kind knikte.

"Misschien laat ze je wel helpen in de winkel, als een grote meid."

Katie glimlachte. Voor het moment was ze afgeleid van haar problemen.

HOOFDSTUK 13

ABE EN SGT. MILLER

Abe vroeg zijn vrouw om op de winkel te letten en was al lopend op weg naar zijn vriend op het bureau Sgt. Alex Miller. Hij had het plan om hem te bellen heroverwogen. Een persoonlijk bezoek zou beter zijn omdat ze al lang vrienden waren.

Toen ze elkaar jaren geleden voor het eerst ontmoetten, was Alex een jonge officier en een nieuweling. Abe had in zijn winkel gewerkt toen twee gewapende mannen binnenstormden en het geld in de kassa stalen. Abe kwam er vanaf met een lichte klap op zijn hoofd. Hij was zo dankbaar dat zijn vrouw die dag naar de groothandel was gegaan.

Nadat hij contact had opgenomen met de politie, stuurden ze Alex mee met een oudere agent. De oudere agent stelde voor dat Abe iemand zou inhuren om de deur in de gaten te houden. Hij zei dat het

dat was of betalen voor een duur beveiligingssysteem. Abe kon zich geen van beide veroorloven. Ze vulden een rapport in en vertrokken, maar Alex kwam terug. Hij bood aan om bij te springen

- tegen betaling. Als jonge agent stuurden ze niet veel uren zijn kant op.

Abe stemde ermee in om Alex twee uur per dag te betalen en ze werden vrienden. Een paar maanden na de werkrelatie werd er ingebroken in een andere winkel op dezelfde strip als die van Abe. Alex arresteerde beide criminelen eigenhandig. Later identificeerde Abe hen in een line-up en de boeven werden naar de gevangenis gestuurd.

Daarna begon Alex hogerop te komen. Hij en Abe bleven echter contact houden en toen Alex trouwde, waren hij en El erbij. Toen ze hun eerste kind kregen, werden hij en El uitgenodigd voor de doop. Een klein meisje gevolgd door twee jongens-tweelingen. In de loop der jaren woonden Abe en El Kerstmis en Thanksgiving bij in huize Miller.

Toen Benjamin in hun leven kwam en Alex werd gepromoveerd tot sergeant, verloren ze het contact wat betreft familiezaken.

maar ze kwamen nog wel af en toe bij elkaar voor een kop koffie.

Toen hij op het politiebureau aankwam, vroeg hij bij de balie of hij Sgt. Miller kon spreken, maar hij kreeg te horen dat die niet beschikbaar was. Abe zat een tijdje in de wachtkamer, totdat hij aan de andere kant van de kamer een reclamebord zag met foto's van kinderen erop. Vermiste kinderen.

Na het schoonmaken van zijn bril ging Abe dichterbij kijken. Geen van de kinderen had lang blond haar. Hij was er zeker van dat het kind met de naam Katie niet op de poster stond en ging weer zitten.

Brigadier Miller arriveerde en de twee vrienden schudden elkaar de hand. Miller stelde voor dat ze naar een koffieshop op loopafstand zouden gaan, weg van het bureau. "Daar worden we niet gestoord en ik kan de pauze wel gebruiken."

Ze gingen in een caféhokje zitten en Abe vroeg hoe het thuis met iedereen ging.

"Het is een tijdje geleden, oude vriend, nietwaar? Het gaat goed met ze, dank je," zei Miller. Hij opende zijn telefoon en liet Abe een korte video zien van de diploma-uitreiking van zijn tweeling op de middelbare school. "Henry wil dokter worden," zei Alex trots. "Jimmy wil advocaat worden." Hij bladerde door meer foto's en stopte toen. "En Jenny, waarom zij en Will ons net onze eerste kleinkind hebben geschonken. Ze is een echte schoonheid." Hij liet de foto open voor Abe om naar te kijken en ging terug naar de bereiding van zijn koffie door er twee crèmes en een zoetje aan toe te voegen.

"Ah, ze is best een schatje. Gefeliciteerd, jij en je vrouw, met jullie eerste grootouderschap." Hij nipte aan zijn koffie. "Oh, en dokter worden is een gerespecteerd beroep en rechten gaan studeren ook. Beide zijn veiliger dan jouw beroep." Hij lachte waarna hij in zijn kopje koffie roerde.

"Dat is zeker," beaamde Alex terwijl hij een slok nam. De sterke koffie brandde op zijn lip, toch nam hij nog een slok.

"De wereld wordt steeds gevaarlijker" vervolgde hij, "en ik hoop ergens in de niet al te verre toekomst met pensioen te gaan. Bovendien wil ik me geen zorgen maken over mijn zonen die hun leven op het spel zetten als ik eindelijk met mijn voeten omhoog kan liggen en kan ontspannen."

De twee vrienden nipten en doopten hun donuts in hun koffie.

"Dus, wat brengt jou hier vandaag?" vroeg Alex terwijl hij op zijn horloge keek. "Ik hoop dat die vrouw van je geen problemen veroorzaakt."

Abe glimlachte. "Nee." Hij aarzelde. "Ik heb een vriendin."

"Oh, nee, niet de ik heb een vriend prop."

Abe vervolgde: "Ik heb een vriend," glimlachte hij, "die een beetje in de problemen zit."

"Vertel me meer."

"Hij heeft gisteravond een kind gevonden, aan het water, alleen zittend. Verlaten door haar moeder. Hij heeft haar in veiligheid gebracht."

"Je vriend is een goede burger," zei Alex. "Dus, in dit scenario, hoe kan ik helpen?"

"Mijn vriend vraagt zich af of hij een beetje in de problemen kan komen omdat hij zich met de situatie bemoeit. Hij is minderjarig en het kind was te getraumatiseerd om haar naar het bureau te brengen. Als mijn vriend nu naar voren zou komen, zou hij dan in de problemen komen door de melding uit te stellen?"

Alex overwoog de zaak. "Hoe goed ken je deze jongen?"

Abe ging rechtop zitten, "Ken je Benjamin nog?"

Alex dronk zijn koffie op. De serveerster kwam terug en vroeg of ze nog iets anders wilden. Toen ze alles weigerden behalve de rekening, ruimde ze de mokken op.

"Oh, ja, ik herinner me hem. Een aardige, welgemanierde jongen die waardeert hoe gelukkig hij is om deel uit te maken van jullie familie."

"Hij is altijd als een zoon voor ons geweest," zei Abe. "En over familie en kinderen gesproken, ik vroeg me iets af."

"Ik luister."

"Ik heb laatst een programma gezien, Matlock, weet je nog?"

"Ja, het is wel een beetje gedateerd - vooral zijn witte pakken." Miller lachte.

"Ja, ik weet nog dat die populair waren - witte pakken en hoeden. Ja, zo oud ben ik."

Hij lachte en ging toen verder. "In het programma stond dat iemand zijn kind pas na vierentwintig uur als vermist kan opgeven. Het is een Amerikaans programma, zoals je weet, maar ik vroeg me af of dat hier ook zo is."

"In Canada kan een kind op elk moment als vermist worden opgegeven. Er is geen wachttijd."

"Oh, dat wist ik niet" zei Abe. "Interessant."

"De meeste mensen denken dat het vierentwintig uur is," zei Alex. "Deze misinformatie kan worden toegeschreven aan herhalingen en nepnieuws."

Abe lachte. "Heeft iemand dan een kind als vermist opgegeven, ik bedoel hier in de stad sinds gisteren?"

"Niet bij mijn weten," zei Alex. "Kan zijn dat ik er nog niets van weet. Soms druppelen er dingen door op het bureau." Hij leunde dichterbij. "Ik moet het weten - waar is het kind nu?"

"Benjamin heeft ons vanmorgen aan haar voorgesteld. El maakt zich druk, zoals je je kunt voorstellen."

Brigadier Miller knikte toen zijn telefoon ging. Hij moest terug naar het bureau.

Hij vroeg of er een kind, een klein meisje, als vermist was opgegeven in de afgelopen vierentwintig uur. Hij verbrak de verbinding. "Geen nieuwe meldingen van vermiste kinderen."

"Uh, ik begrijp het," zei Abe. "Wat moeten we nu doen?"

Miller zei: "Als je haar naar het bureau brengt, zorgen wij voor haar tot de kinderbescherming zich ermee bemoeit."

"Ze is al zo goed gewend bij ons."

"Ja, haar nu bij jullie laten is misschien de beste optie. Terwijl wij het onderzoeken. Ik zou het vreselijk vinden als ze voortijdig in een pleeggezin terecht zou komen. Vooral als het een eerste overtreding is."

"We houden haar veilig."

"Dat weet ik, maar ik moet het met mijn baas overleggen. Van waar ik zit is het waarschijnlijk het beste om haar te laten waar ze is." Hij stond op. "Wil je me nog iets anders vertellen, voordat ik navraag doe?"

"Benjamin ging vandaag terug naar de waterkant in de hoop dat de moeder van het kind er zou zijn - dat was ze niet."

"Het is maar goed dat ze niet is teruggekeerd," zei Miller. "Dit moet onderzocht worden. Om te zien of ze een recidivist is." Hij controleerde de tijd opnieuw. "Hoe oud is het kind?"

"Dat weet ik niet zeker, maar ik verwacht zeven of acht."

Miller verliet al pratend op zijn telefoon het café en kwam een paar minuten later terug. "Ze kan voorlopig bij jou blijven. Ondertussen zal ik mijn Agenten vragen om een oogje in het zeil te houden voor een vrouw die aan het water rondzwerft. Enig idee hoe ze eruitziet?"

"Nee, daarvoor moet je met Benjamin praten. Of ik kan het hem voor je vragen en het je laten weten?"

"Tuurlijk, zoek het uit en sms me." Hij stak zijn hand uit en die werd hartelijk ontvangen.

"Dank je," zei Abe.

Miller voegde eraan toe: "Wat er ook gebeurt, geef het kind niet af. Als de vrouw opduikt, hou haar dan aan en bel mij. Vierentwintig uur per dag, zevenentwintig uur per dag. Ik wil met haar praten - haar vertellen waarvoor. Ook om er zeker van te zijn dat ze legitiem is en begrijpt welke fouten ze heeft gemaakt. Als het nodig is, zal ik de sociale dienst erbij betrekken."

Abe zei dat hij de beschrijving van de vrouw zo snel mogelijk zou doorsturen.

"Goed zo," zei Brigadier Miller toen ze buiten het café uit elkaar gingen.

In plaats van meteen naar huis te gaan, ging Abe naar de Waterkant. Hij ging op een bankje zitten en luisterde naar de meeuwen en de golven. Na dertig minuten niemand gezien te hebben, keerde hij terug naar de winkel waar zijn vrouw naar buiten kwam om hem te begroeten.

"Zo goed als goud," zei El terwijl ze haar man eerst op de linkerwang kuste en daarna op de rechter.

Het viel hem op dat zijn vrouw een veer in haar pas had en dat haar wangen blozend waren. Het deed hem denken aan de tijd dat ze elkaar voor het eerst het hof maakten.

✳✳✳

Nadat hij El had bijgepraat over zijn ontmoeting met brigadier Miller, vroeg Abe aan de kinderen waar ze naar keken op televisie.

"Het is SpongeBob SquarePants," zei Katie. "Hij is grappig."

"Uh, kun je Benjamin later vertellen wat er is gebeurd, als dat goed is? Want ik wil graag even buiten met hem praten."

Ze knikte.

"Ben je nog iets te weten gekomen, beneden op het station?" vroeg Benjamin nadat hij de deur achter zich dicht had getrokken.

"Ik zal je zo dadelijk op de hoogte brengen, maar nu wil Sgt. Miller dat ik een beschrijving van Katie's moeder aan hem doorgeef via sms." Hij overhandigde Benjamin zijn telefoon. "Ga jij maar verder en typ de informatie in. Jij bent een snellere typiste."

Benjamin klikte in: Hallo Brigadier Miller. Dit is Benjamin. Katie's moeder droeg een donkere mouwloze jurk, een rode sjaal en schoenen met hoge hakken. Haar haar was donker, bijna zwart en ze droeg gisteren een donkere zonnebril toen de zon scheen."

"Hoogte?" antwoordde Miller.

"Ongeveer 1 meter 75 - zonder de hakken."

"Thanx. S.A.M."

Benjamin gaf een duim omhoog emoji terug. "Vertel eens wat je over Katie te weten bent gekomen."

"In eerste instantie bracht ik het ter sprake als hypothetisch. We hebben gepraat en toen heb ik hem de details verteld."

"Oké, eerlijk genoeg."

"Ik kan bevestigen," zei Abe, "dat ze nog niet als vermist is opgegeven."

"Er moet iets met haar moeder gebeurd zijn. Ik hoop dat ze in orde is."

"Brigadier Miller, Alex, zei dat je er goed aan hebt gedaan haar hier te brengen. Zijn agenten zullen een oogje in het zeil houden voor de moeder. Als ze opduikt, zullen ze haar meenemen voor ondervraging. Als er nieuws is over Katie, laten ze het ons weten."

"Nogmaals bedankt, Abe."

"Aangezien het zaterdag is en Katie niet naar school hoeft, is dat mooi meegenomen. Hopelijk is het voor maandag opgelost en zit ze weer in de klas alsof er niets is gebeurd."

"Ja," zei Benjamin, nu al denkend aan hoeveel hij haar zou missen als ze weg was.

El kwam de gang in en het trio fluisterde samen.

"Wij, Abe en ik denken dat ze zich meer op haar gemak zou voelen in de logeerkamer."

Benjamin keek teleurgesteld en zijn blik ging naar de vloer.

El raakte hem op zijn arm aan. "Ik kan haar wel in de gaten houden als jullie op de winkel passen. We kunnen meisjesdingen doen."

Abe onderbrak: "Jij hebt ook je slaap nodig, Benjamin, en die oude stoel is niet geschikt om in te slapen."

"We willen dat oude ding al jaren laten vervangen."

"Het staat op mijn to-do lijst," zei Abe. "Ik zal er een dezer dagen aan toe komen om hem opnieuw te bekleden."

"Je kunt hem beter in de vuilnisbak gooien of als brandhout gebruiken. Ik wilde de kamer een beetje opknappen. Die boekenplanken moeten ook opgeknapt worden."

"Ik zal het aan het lijstje toevoegen."

El kuste hem op zijn voorhoofd. "Het zou leuk zijn om de kamer wat meisjesachtiger te maken."

"Ze is hier maar kort."

"Ik weet het. Maar het doet me denken aan mijn jongere zusje Sammy. Samantha. De kattenkwaad die we samen uithaalden." Ze wierp een blik op haar man. "Ik heb altijd al een dochtertje van mezelf gewild - dit is het op één na beste. Al is het maar voor even."

Abe sloeg zijn arm om haar heen. "Ik snap het, jullie willen samen spelen."

El kuste hem op zijn wang en met z'n drieën gingen ze in een groepsknuffel.

Toen ze uit elkaar kwamen vroeg Abe: "Weet Katie haar adres?"

"Ze weet het en we hebben het gisteravond gecontroleerd. Er was niemand thuis en ze heeft geen sleutel. Het is in Ontario St., nummer 74."

Abe riep Google maps op zijn telefoon op en voerde het adres in met het plan om naar het huis te gaan. Nadat hij zelf een kijkje had genomen, zou hij zijn vriend Sgt. Miller het adres laten weten. "Het kind zal spullen nodig hebben," zei Abe terwijl hij zijn creditcard aan Benjamin gaf. "Koop casual kleding, pyjama's, nette schoenen, sokken en onderspullen. En een tandenborstel."

Benjamin ruimde de keuken op terwijl Abe verder babbelde over zijn bezoek aan het politiebureau. "Oh, en nog één ding, als Katie haar moeder ziet, of visa-versa, dan mag ze niet aan haar worden teruggegeven. Ze willen eerst met de vrouw praten op het bureau."

Katie kwam de keuken binnen, "Zit mijn mama in de problemen?"

"Nee, nee lieverd," zei Benjamin. "De politie wil zeker weten dat het goed met haar gaat, dat is alles." Hij woelde door haar haar. "Was nu je gezicht en borstel je haar." Ze ging de badkamer in en sloot de deur.

"Wat als haar moeder een scène veroorzaakt? Ik bedoel, als ze mij ziet, een vreemde met haar dochter?"

Abe fluisterde: "Ze heeft haar eigen dochter in de steek gelaten. Iedereen had haar mee kunnen nemen, dus ik betwijfel of ze een scène zal veroorzaken." Hij controleerde of Katie niet naar buiten was gekomen. "Bovendien is de arme vrouw misschien niet goed bij haar hoofd. Als ze het kind ziet, bel dan de politie en blijf daar. Vraag naar brigadier Miller. Hij herinnert je en zal ervoor zorgen."

Benjamin ging zitten en bleef stil.

"Ik zie dat we je ongerust hebben gemaakt," zei Abe. "Het kind zal weten wat ze leuk vindt en wat ze nodig heeft, en het personeel zal je bijstaan."

Benjamin keek naar zijn voeten, hij wist niets van kleding kopen voor een klein meisje.

El zei: "Wil je dat ik meega?" Ze keek haar man aan. "Als jij dat goed vindt? Het is na 3 uur, dus, het zal niet weer vreselijk druk worden."

Benjamin knikte. "Alsjeblieft, Abe."

Katie deed Benjamins woorden na. "Pleeeasssse, Abe."

Niet in staat om weerstand te bieden, knikte Abe.

"We gaan winkelen, voor jou," zei Benjamin. "Jij, en El en ik."

Katie piepte van verrukking.

HOOFDSTUK 14

EEN DAGJE WINKELEN

Al snel had Katie alles op de lijst.

"Laten we nu iets gaan eten," stelde El voor.

Ze gingen een café binnen in de hoofdstraat. Katie bestelde een aardbeienmilkshake, El vroeg om een sterke thee en Benjamin een cola met ijs.

Ze nipte van haar milkshake. "Je wilt me iets vragen, toch El?"

El knikte. "Hoe ken je dat kind?"

"Het is goed als je dat vraagt. Ik vind het niet erg."

El aarzelde en vroeg toen: "Wat is je lievelingskleur?"

Katie lachte, duidelijk niet de vraag die ze had verwacht. "Ik heb niet één lievelingskleur. Waarom zou je er één kiezen, als er zoveel zijn?"

El glimlachte. Niet het antwoord dat ze had verwacht.

"Ik heb een vraag," vroeg Benjamin. Hij aarzelde terwijl zowel El als Katie wachtten. "Wie heeft de pop voor je gekocht? Was het je moeder?"

Katie nipte meer milkshake door haar rietje. "Dat was hij," zei ze.

El leunde dichterbij, "Je vader?"

"Nee, de vriend van mijn moeder, Mark. Het was een cadeautje. Hij brengt altijd cadeautjes voor me mee."

"Voor Kerstmis? Of voor je verjaardag?" Vroeg Benjamin.

"Nee, voor niets cadeautjes. Hij komt gewoon opdagen en brengt iets voor me mee."

"Oh," zei Benjamin, terwijl hij een blik op El wierp. "En, hoe is je milkshake?"

"Hij smaakt hemels," zei Katie, waarna ze haar vinger over haar lippen haalde.

"Wat is er?" vroeg El.

"Ik denk gewoon..."

"Waarover?" vroeg Benjamin. "Je hoeft het ons niet te vertellen als je dat niet wilt."

Katie dacht na en zei toen: "Als mijn mama hier was, zou ze een karamel milkshake nemen. We zouden langzaam nippen. We nippen altijd langzaam. Ik vergat het en nipte snel, en nu is alles op." Ze pruilde.

"Wil je er nog een?" vroeg Benjamin.

"Mag ik?"

"Dat mag." Hij riep de ober.

Toen hij aankwam zei Katie: "Wacht, ik hoef er niet nog een."

"Waarom niet?" vroeg El.

"Dat is simpel. Nu ik er nog een kan krijgen, is deze genoeg."

Benjamin en El keken elkaar aan en toen weer naar Katie.

"Je bent enig in je soort, kind," zei El.

"Dat zegt mama altijd."

Ze betaalde de rekening en ze gingen de straat in.

"Mag ik alsjeblieft mijn nieuwe schoenen aan?"

"Natuurlijk mag dat," zei El, terwijl ze Katie's sandalen uitdeed.

Ze wriemelde met haar tenen in de hardlopers en stuiterde toen over het trottoir. El en Benjamin probeerden haar bij te houden.

HOOFDSTUK 15

WEER THUIS

Ze gingen terug naar huis waar ze Abe in een schommelstoel vonden zitten. Zijn schouders waren ingezakt en zijn handen lagen gekruist op zijn schoot.

El ging naar hem toe en kuste hem op zijn voorhoofd. "Ik ga een bad laten vollopen voor Katie. Het zal haar helpen om te slapen na alle opwinding."

"Goed idee, liefje," zei Abe. Toen tegen Benjamin: "Hoe was het winkelen?"

"Het was leuk - Katie zit vol energie. Zelfs ik had moeite haar bij te houden."

Abe glimlachte. "Sorry dat ik het gemist heb." Hij verlaagde zijn stem. "Ik heb meer informatie. Ik deel het liever

met jou en El op hetzelfde moment. Als de kleine slaapt."

Benjamin gaapte.

Abe zei: "Waarom ga je niet naar boven, om een paar uurtjes te slapen. We praten over een uur, oké?"

"Klinkt als een plan. Bedankt." Hij ging de trap op.

✳✳✳

Toen Katie sliep, verzamelden ze zich in de woonkamer. El maakte een paar broodjes klaar. Abe had vooral honger. Hij had sinds het ontbijt niet meer gegeten.

"Ze ging meteen slapen," zei El. "En ze zag er mooi uit in haar nieuwe prinsessennachtpon."

"We hebben vandaag een heerlijke dag gehad, heel erg bedankt voor je hulp El."

"Graag gedaan."

Abe was klaar met kauwen op zijn broodje, veegde zijn mond af en nam een slok water. "Ik heb nieuws. Het is geen gemakkelijk verhaal om te vertellen. Onderbreek me alsjeblieft niet en stel geen vragen tot ik klaar ben."

Zowel El als Benjamin schoven dichterbij en stemden in.

"Nadat ik om 5 uur de winkel had gesloten, ben ik naar het huis van Katie gegaan. Ik was pas van plan om morgen te gaan, maar iets maakte dat ik vandaag wilde gaan en dus ging ik." Hij pauzeerde.

Schiet op, dacht Benjamin, maar hij wist dat het onbeleefd zou zijn om het te zeggen.

"Ik klopte op de voordeur, niemand deed open maar de gordijnen waren open. Ik stopte en luisterde naar geluiden van binnenuit, niets. Ik ging om de zijkant van het huis heen en naar de achterkant. Er was geen teken dat er een kind woonde, geen speelgoed, fietsen, schommels of ballen. Geen was die aan de lijn hing.

"Ik bestelde een taxi en de chauffeur wachtte op me bij de stoeprand. Ik ging naar de volgende deur en klopte aan. Een man deed open en vertelde me dat er iemand naast me woonde, een klein meisje en een vrouw, meer wist hij niet. Toen sloeg hij de deur in mijn gezicht dicht.

"In mijn perifere visie zag ik een gordijn bewegen aan de overkant van de straat. Ik stak over en klopte aan. Een vrouw deed open en nodigde me uit voor een drankje.

Ze zag de taxi wachten en zei dat hij weg moest gaan. Ze zei dat ze contact zou opnemen met een ander als ik klaar was om te gaan. Ik stemde toe, omdat ik dacht dat ze misschien informatie kon geven over de moeder van het kind. Ze had het druk, daar was geen twijfel over mogelijk. Normaal gesproken zou ik haar mijden, maar in dit geval was informatie voor het welzijn van het kind belangrijk, dus bleef ik.

"Haar huis was schoon en netjes. Ik liep geen enkel risico en het enige geluid in haar huis was het onophoudelijke getik van een staande klok. We gingen zitten en deelden een pot thee.

"Toen ik naar het kind vroeg, vertelde ze me dat er altijd wat gebeurde in het huis aan de overkant. Geschreeuw. Een draaideur van mannen en auto's die op de oprit geparkeerd stonden en soms oversloegen naar de straat. Ze dacht dat dat getrouwde mannen waren. Oh, en ze zei ook dat de laatste chique man een grote auto en een chauffeur had. Katie's moeder was het gesprek van de straat."

El sloeg haar hand voor haar mond: "Arm mietje."

Benjamin veranderde van onderwerp. "Ben je iets te weten gekomen over Katie?"

Abe zuchtte. "Rustig en braaf," legde Judy Smith de buurvrouw uit. "Ze zei dat ze gisterenochtend zowel moeder als dochter opmerkte. Het viel op, omdat het een schooldag was en het kind een levensgrote pop bij zich had. Ze heeft ze echter niet naar huis zien gaan.

"Toen het praten haar verveelde, liep ze naar de voordeur van haar huis en liep fluitend over straat. Haar zoon, een taxichauffeur, stopte voor de deur. Ze duwde me de voordeur uit, het voertuig in en ik gaf de man een vals adres. Ik wilde niet dat ze mijn adres wisten. Ze leken excentriek."

"Bedoel je gestoord?"

Abe knikte, schonk toen voor zichzelf een kopje thee in en bood El en Benjamin een kopje aan.

"Jullie mogen nu vragen stellen," zei hij.

***

Minuten gingen voorbij, misschien wel een kwartier of langer, voordat El de stilte verbrak. "Dat arme kleine mietje. Wat moet haar leven zijn geweest met mannen die op alle uren van de dag en nacht kwamen en gingen." Ze vocht tegen een snik, diep vanuit haar moederlijke kern. "Geen leven voor een kind - en hier zijn wij. Jij en ik, die nooit zelf een baby zouden kunnen krijgen."

"Zo, zo," zei Abe, terwijl hij op de arm van zijn vrouw klopte. "Precies mijn gevoelens. Er is geen gerechtigheid in deze wereld. Geen rijm of reden. En toch, wie zijn wij om te oordelen?"

"Het enige wat ik weet," zei Benjamin, "is dat Katie van haar moeder houdt."

"Zelfs een misbruikt kind houdt van haar moeder," zei El.

"Het bewijs zit in de verlating," zei Abe.

"Misschien kon er niets aan gedaan worden. We weten niet wat er gebeurd is," zei Benjamin.

"Dat is waar. Het spijt me dat ik zo snel oordeelde. Wat gebeurt er nu?" vroeg El.

"We wachten," zei Abe. "En we stellen vragen, zonder de kleine Katie van streek te maken. We zoeken uit wat we kunnen. Ondertussen gaat Sgt. Miller aan zijn kant aan de slag. Ik heb Katie's adres doorgegeven; Benjamin heeft hem een beschrijving van haar moeder gegeven. Ze zullen de ziekenhuizen, het mortuarium en de waterkant controleren."

"Het mortuarium," zei El. "Ik wil er niet aan denken dat die kleine helemaal alleen op de wereld is."

"Ik weet het, ik weet het," zei Abe. Hij veranderde van onderwerp. "Oh, en voor ik het vergeet." Hij reikte in zijn zak en haalde een envelop tevoorschijn die hij op tafel legde. "Dit lag in de brievenbus bij Katie thuis."

"Abe, het is een federale overtreding om andermans post te stelen!" riep El uit. Deze uitbarsting was niet genoeg om haar ervan te weerhouden de envelop om te draaien zodat zowel zij als Benjamin hem konden lezen.

"Daar ben ik me volledig van bewust," bevestigde Abe. "Maar nu weten we dat haar moeder Jennifer Walker heet."

Benjamin gaapte en stond op, waarna hij El een kus op haar wang gaf. "Katie is nu niet alleen. Ze is hier bij ons." Hij zei welterusten. "Bedankt voor al je hulp." Abe gaf hem een schouderklopje zoals een vader een zoon zou geven.

Boven kleedde hij zich om in zijn pyjama en liet zich in zijn bed vallen. Hij was te moe om de dekens naar beneden te trekken en nestelde zich in plaats daarvan in het dekbed.

✳✳✳

Benjamin stond op de rand van het dak van een hoog gebouw en kon niet naar beneden kijken, met zijn tenen al over de streep. Het was nacht en de sterren waren spleten, als ogen in de lucht, die hem in de gaten hielden, hem voorwaarts wensten. Spring, leken ze te zeggen. Gewoon springen.

Hij wankelde en wankelde. Het was net zo gemakkelijk om vooruit te gaan als om achteruit te gaan, en hij was helemaal alleen. Helemaal alleen op de wereld, met niemand om voor hem te zorgen. Niemand die voor hem zorgde. Niemand die erom gaf of hij leefde of stierf.

Hij had veel boeken gelezen, over helden. Jonge jongens die net als hij hun ouders hadden verloren en verbazingwekkende dingen met hun leven hadden gedaan. Natuurlijk waren dat soort personages fictief.

Wacht eens even! Ik ben een goed mens. Ik help mensen. Ik denk eerder aan anderen dan aan mezelf. Ik lieg niet, steel niet en doe anderen geen pijn en ik kom altijd, bijna altijd, mijn beloftes na.

Waarom bijna altijd? vroeg een stem hoog boven hem.

Hij gaf geen antwoord - in plaats daarvan viel hij over de rand - en werd wakker op de vloer naast zijn bed. Zijn kleren waren vochtig van het zweet - maar hij was veilig. Veilig en wel. Hoewel het 4 uur 's nachts was, ging hij niet weer slapen. Hij ging spelletjes spelen op zijn telefoon. Beneden zijn kamer hoorde hij iemand heen en weer ijsberen. Waarschijnlijk Abe. Hij zette zijn koptelefoon op. Nadat een paar vrienden meededen, ging hij helemaal op in een online spel voor meerdere spelers. Hij speelde door tot de zon opkwam aan de horizon en ging toen terug naar bed.

HOOFDSTUK 16

ABE EN EL

Abe kon niet slapen. "Ben je wakker?"

"Nu wel."

"Ik heb een beetje honger, en jij?"

"Nu ik wakker ben, ik ook. Kom, dan maak ik iets klaar. Waar heb je trek in?"

Terwijl ze door de gang slenterden, keken ze bij Katie naar binnen.

"Ze is zo'n engeltje."

"Dat is ze." Nu in de keuken zei Abe: "Een geroosterde boterham met kaas lijkt me wel wat."

"Oké, zet jij de waterkoker op, dan steek ik de grill aan."

Toen het eten klaar was en de thee in de pot stond te trekken, gingen ze zitten en aten hun broodjes op.

"Dat was echt lekker, bedankt."

"Comfort eten doet dat altijd." Ze schoof haar stoel naar achteren.

"Nee, ga even zitten. Ik wil met je praten."

"Kopje thee?" Abe knikte en ze schonk hun kopjes vol. "Wat zit je dwars? Ik weet dat er iets is."

"Weet je nog dat we het hadden over het adopteren van Benjamin?"

"Ja, maar omdat hij al vijftien was, besloten we er niet mee door te gaan."

"En toch, ik blijf maar denken dat als we hem zouden adopteren, dat hij dan - als mij iets zou overkomen - familie zou zijn en jou zou kunnen helpen met de winkel. Om het over te nemen als dat nodig is. Hetzelfde geldt als er iets met jou zou gebeuren - hij zou een belangrijke hulp voor me zijn."

El roerde in haar thee. "Wil hij geadopteerd worden? Hij heeft ons niet meer nodig zoals vroeger toen hij hier voor het eerst bij ons kwam wonen. Hij is een onafhankelijke jongeman. Ik zou hem niet graag aan ons ketenen."

Abe verhief zijn stem. "Hem aan ons ketenen? Is dat wat je denkt? IK, IK."

"Rustig aan lieverd. Over een paar jaar is hij oud genoeg om zelf weg te vliegen - en hij heeft het volste recht om te gaan. Wat was dat gezegde ook alweer, als je van iemand houdt, laat hem dan vrij en als hij terugkomt, is hij van jou?"

"En als ze dat niet doen, zijn ze dat nooit geweest. Ik weet niet meer wie het zei."

"Misschien Kipling, of een wijs persoon zoals hij. Ik zeg niet dat hij nooit terug zou komen; ik denk van wel. Hij vindt het heerlijk om in de winkel te werken."

"Ja, en op een dag kan hij de winkel bezitten - de winkel runnen. Onze erfenis voortzetten."

"Als hij dat wil."

"Natuurlijk."

"Wat zou je willen doen? Wat zal je geruststellen?"

"Ik wil graag praten met Travis, onze advocaat, om zijn advies te vragen."

"Moeten we het onderwerp niet eerst met Benjamin aansnijden?"

"Als we dat doen en van gedachten veranderen na juridisch advies - kan dat gevolgen hebben. Ik vraag het liever eerst na, dan kunnen we beslissen. Als we deze keer besluiten om door te gaan, kunnen we met hem praten en kijken wat hij ervan vindt."

El gaapte. "Oh, neem me niet kwalijk." Ze nam de hand van haar man in de hare. "Zo te horen hebben we een plan. Laten we nu terug naar bed gaan, die kleine zal zo opstaan en haar ontbijt willen."

HOOFDSTUK 17

WATSAMATTER?

Abe en El vielen eindelijk in slaap toen Katie een kreet slaakte in de hal.

El stond binnen een paar seconden naast haar, bijna alsof ze het had verwacht. Zodra Katie haar zag, sloeg ze haar armen om haar nek.

Abe kwam kort daarna aan. "Wat is er aan de hand kleintje?"

"Ik mis..." is alles wat ze zei voordat ze haar gezicht in El's borst drukte.

Benjamin strompelde de kamer binnen. "Whatsamatter?"

Katie bleef stil liggen, terwijl ze zacht gefluister uitwisselden.

"Ze mist haar moeder," zei El. Katie kroop dichter tegen haar aan. "Jullie twee gaan terug naar jullie bedden, en ik blijf hier bij de kleine." Toen tegen Katie: "Dat zou je nu wel fijn vinden, hè? Als ik hier zou blijven?" Ze fluisterde iets tegen El. "Oh, ik zie het al," zei ze. "Weet je het zeker?" Katie knikte. "Ze wil graag dat jij ook blijft, Benjamin. Pak een deken van buiten

en die kun je over jezelf heen gooien op de stoel daar."
Benjamin volgde haar instructie op.

"Nou, welterusten dan," zei Abe terwijl hij de deur sloot, blij om terug te keren naar het comfort van zijn eigen bed.

HOOFDSTUK 18

ZONDAG, ZONDAG

Zondagochtenden waren speciaal in het huishouden van Julius. Omdat de winkel pas 's middags openging, maakte het gezin altijd een groot ontbijt klaar en deelde dat met elkaar.

"Vandaag worden het wafels," kondigde El aan, terwijl ze het wafelijzer tevoorschijn haalde en de stekker in het stopcontact stak. Ze ging aan de slag en maakte het beslag klaar tot de grill klaar was.

Ondertussen dekten de anderen de tafel. Condimenten zoals: siropen, fruit, boter en slagroom in een blikje werden allemaal op tafel gezet.

"Wafels ruiken zo lekker," zei Katie, terwijl El de afgewerkte wafels in het midden van de tafel plaatste.

"Bedankt liefje," zei El. "Zijn we nog iets vergeten, voordat ik ga zitten?" Niemand kon iets bedenken, dus nam ze plaats aan de ene kant van de tafel, terwijl haar man aan de andere kant zat.

"Bedankt voor het gastronomische eten," zei Abe, wat zijn versie was van een gebed tijdens de maaltijd. "Nu, eet smakelijk!" En dat deden ze.

Katie zat en observeerde de anderen omdat ze nog nooit een wafel had gegeten.

"Waar wacht je op, schat?"

"Ik zit te kijken omdat de enige wafel die ik ooit heb gehad een ijshoorntje was."

"Dat is een slim idee," zei Benjamin. Hij liep naar de vriezer en haalde er een bak Napolitaans ijs uit. Toen pakte hij de ijslepel uit de lade en bracht ze naar de tafel.

El hielp Katie om fruit op haar wafel te doen, waaronder bosbessen en aardbeien. Ze voegde er een paar plakjes appel aan toe. "Het ziet er mooi uit," zei het kind.

"Probeer jij het nu maar," zei Benjamin.

Katie deed er een bolletje ijs en chocoladesaus bij.

"Oh, ik dacht net aan iets anders," zei El, terwijl ze haar stoel naar achteren schoof. Ze draaide zich naar Katie, "Je bent toch niet allergisch voor noten?"

"Nee. Een paar kinderen op mijn school wel, dus we moeten voorzichtig zijn, maar ik ben nergens allergisch voor."

"Ik ook niet," zei Benjamin, terwijl hij gemalen walnoten op de bovenkant van zijn wafel schepte. Daarna voegde hij er slagroom aan toe - hoewel hij net als Katie al ijs op zijn wafel had.

"Mag ik ook slagroom?"

Benjamin spoot de slagroom op Katie's wafel. "Het ziet er nu te lekker uit om op te eten," zei ze en iedereen lachte. Haar gezicht lichtte op, "MMMMM," zei ze. "MMMMM."

Nadat ieder zijn buikje rond had gegeten, zette El koffie klaar.

"Ik zit te vol om te bewegen," zei Benjamin.

"Ik ook," zei Katie, terwijl ze op haar maag klopte.

Abe keek op zijn horloge, er was nog tijd tot de winkel openging. "Oh, ik wilde je nog vragen Katie, hoe heet je school?"

"Ik ga naar St. Mary's Elementary," zei Katie.

Abe typte het adres in Google.

"Vind je school leuk?" vroeg Benjamin.

"Het gaat wel.

"We zullen je school morgen bellen," zei El, "en ze laten weten dat je een paar dagen afwezig zult zijn."

"Bedoel je dat ik niet hoef te gaan?"

"Nee. We willen je voorlopig hier houden."

"Tot mijn mama terugkomt?"

"Ja, tot dan," zei Abe.

"Mis je vaak school?" vroeg El.

"Alleen als ik ziek ben of als mama onwel is, want ze laat me niet alleen lopen."

"Is je mama vaak ziek?" vroeg Abe, denkend aan de aantijgingen van alcohol en drugs.

Katie begon te huilen.

"Genoeg vragen voor nu," zei El. Ze nam Katie's hand in de hare. "Laten we de slagroom en chocoladesaus van je gezicht wassen en je aankleden in je nieuwe outfit. Kom nu maar mee."

Katie volgde en zei toen achter gesloten deuren: "Mama wil niet ziek zijn."

"Natuurlijk niet, kind," zei El terwijl ze een warm vochtig washandje over Katie's gezicht liet gaan. "Til nu je armen op en laten we je aankleden."

"Ik ben een grote meid."

"Zelfs grote meisjes hebben soms een beetje hulp nodig," zei El terwijl ze knipoogde.

"Dank je."

"Dank je, voor het brengen van een beetje zonneschijn in mijn huis."

Katie dacht even na en zei toen: "Maar je had al zonneschijn, want je had Benjamin."

El lachte. "Je hebt gelijk, we zien zijn gouden stralen elke dag. Kom nu maar mee, we kunnen de jongens toch niet eerder klaar laten zijn dan de meisjes?"

"Echt niet!" giechelde Katie.

HOOFDSTUK 19

SGT. MILLER

Toen brigadier Miller op het bureau aankwam, lag er een dringend bericht op hem te wachten van de lijkschouwer:

"Het lichaam van een vrouw is vanmorgen vroeg aangespoeld aan de oevers van Lake Ontario, vlakbij het Viaduct. De gebruikelijke plek voor zelfmoord. Ze ligt nu hier in het mortuarium. Ze is niet geïdentificeerd, maar ze voldoet aan de beschrijving van de vrouw die ik moest opsporen. Ik zal de doodsoorzaak snel kunnen vaststellen. Kom maar als je binnen bent, dan praat ik je bij."

Miller ging meteen naar het mortuarium. Het lichaam lag op de tafel en de lijkschouwer en zijn assistent noteerden informatie.

"Hier moet je even naar kijken," zei hij, wijzend op de snee in de keel van de vrouw.

"Dan is zelfmoord uitgesloten," stelde Miller voor, "gezien de hoek van het mes kan ze het niet zelf gedaan hebben."

"Precies," bevestigde de lijkschouwer. "En we hebben ook huid- en haarsporen onder haar nagels gevonden."

Miller keek naar de kardinaalrood gelakte nagels van de vrouw. Toen hij naar haar gezicht keek, zag hij dat er een veeg van de bijpassende lippenstift achterbleef op de hoek van haar bovenlip.

"We hebben al monsters naar het lab gestuurd. We zouden haar moeten kunnen identificeren en mogelijk haar aanvaller als we een match vinden in de database."

"Vind je het erg als ik een monster van haar vingerafdrukken neem, zodat ik die door onze database kan halen als ik terug ben op kantoor? Misschien is het een snellere weg naar een identificatie als ze geboekt is voor een strafbaar feit."

De lijkschouwer knikte.

"Wat weten we nog meer over haar?"

"Leeftijd wordt geschat tussen 34-37 oh, en ze was meerling."

"Twee bevallingen," zei Miller. "Kun je zeggen wanneer ze de kinderen heeft gekregen?"

"Keizersnede. Zeven misschien acht jaar geleden. Vaginale bevalling recent."

"Verder nog iets?"

"We schatten het tijdstip van overlijden op zaterdagavond, tussen 19.00 en 21.00 uur. Er is geen alcohol of drugs in het lichaam gevonden." Hij aarzelde: "Nog één ding, ze had beten op de achterkant van haar benen." Hij draaide het lichaam om. "Zie hier en daar beten. Slapperschildpadden zouden de oorzaak kunnen zijn, maar de beten zijn groot."

"Ik begrijp het," zei Miller. "Bedankt." Hij pauzeerde. "Wat is dat, bij de ruggengraat?"

"Een moedervlek."

Het was ongeveer zo groot als een gek.

Miller verliet het gebouw en het zonlicht raakte hem met volle kracht. Hij zette zijn donkere bril op en liep door naar zijn voertuig, denkend aan het kind dat bij Abe verbleef. Hij hoopte dat de dode vrouw en de vermiste moeder niet dezelfde persoon waren, maar zijn gevoel zei hem iets anders.

HOOFDSTUK 20

LEGALE ADELAAR

Abe was op en het huis uit voordat de anderen wakker werden. Na zijn gesprek met El maakte hij een afspraak met zijn oude vriend, tevens hun advocaat Travis Anders.

"Ik wil graag dat je de papieren gaat opstellen. Als Benjamin eenentwintig wordt, erft hij het huis en de winkel."

"Ho, rustig aan. Hoe zit het met El?" zei Travis.

"We kunnen hem helpen in de winkel als dat nodig is. Maar hij zal een stimulans hebben om mee te doen, meer betrokken te raken omdat het op een dag van hem zal zijn."

"El moet hier ook zijn. Het huis en de winkel staan op jullie beider naam."

"Als jij de formulieren voor ons in elkaar zet, zal ik haar meenemen om ze te ondertekenen. We hebben het er al over gehad."

"Waarom zo'n haast?"

"Op zich geen haast. Ik wil gewoon de bal aan het rollen brengen. Hoe lang duurt het voordat je alles hebt opgesteld?"

"Geef me een week," zei Anders. "Dan moet je terugkomen met El. Heb je het al met Benjamin besproken?"

"Nog niet. Ik wil zien hoe het er op papier uitziet. Hoe het allemaal in elkaar past voordat we hem erbij betrekken."

"Ik neem je geld graag aan, Abe, maar als ik de papieren opstel en hij weigert, moet je toch mijn honorarium betalen."

"Dat begrijp ik. Ik zou het niet anders willen."

"Oké, Abe. Laat het maar aan mij over. Ik neem contact op als het klaar is en dan kun je El meenemen." Hij aarzelde.

"Ik zou het in de tussentijd met Benjamin bespreken, ook al is het een hypothetische situatie."

"Zodra het getekend is, is het dan officieel?" vroeg Abe. "Wat als we van gedachten veranderen?"

"Ik zal een codicil toevoegen. Voor het geval jullie in de toekomst besluiten om het aanbod te herroepen."

"Dank je, Travis."

"Oh, en je bent niet wettelijk verplicht om het codicil aan de jongen te onthullen, tenzij je daarvoor kiest. En als we hem de papieren brengen om te ondertekenen, moet hij zijn eigen advocaat erbij hebben. Als hij dat niet kan betalen, stel dan voor dat hij contact opneemt met Rechtsbijstand voor hulp. Daar kunnen we het over hebben als we elkaar ontmoeten, ik kan hem informeren of een andere advocaat aanbevelen. We moeten hem wat tijd geven voordat hij tekent."

"Benjamin is als een zoon voor ons," stond Abe, "en ik wil dit gemakkelijk voor hem maken."

"Wacht even Abe, ga alsjeblieft zitten," zei Travis. "Ik ben jullie advocaat, maar ik kan jullie niet allebei vertegenwoordigen. Het is voor zijn eigen bescherming dat hij een andere raadsman dan mij krijgt."

"We kennen elkaar al vijfentwintig jaar," zei Abe. "Ik vertrouw je. De jongen kan zich geen andere advocaat veroorloven. Het lijkt me belachelijk om iemand anders te betalen als ik jou vertrouw."

"Ik zal hem alles één op één uitleggen, zodat hij het begrijpt en vragen kan stellen zonder dat jij of je vrouw erbij zijn. Het codicil is voor jouw gemoedsrust en die van El. Het is geen kritiek op de jongen, het is een kwestie van de wet. Alles op papier zetten is voor de bescherming van alle betrokkenen."

"Ik waardeer je advies," zei Abe. Hij pauzeerde.

"Dat doet me eraan denken dat ik laatst herhalingen van Matlock keek."

"Ik was altijd dol op dat programma," zei Travis. "Ga alsjeblieft verder."

"Nou, in de aflevering probeerden ze een echtgenote te dwingen tegen haar man te getuigen. Er ontstond chaos, maar Matlock zorgde ervoor dat het uit de rechtszaal werd gegooid."

"Ah, die Matlock. De regels zijn sindsdien veranderd. In Canada kan een vrouw tegenwoordig gedagvaard worden om te getuigen, maar ze hoeft niets te onthullen. Niet als het gebeurde in de tijd dat ze getrouwd waren. Het staat bekend als marital privilege, Sectie 4, Canada Evidence Act."

"Interessant inderdaad," zei Abe. "Hoe werkt het met kinderen? Kan een ouder gedwongen worden tegen een kind te getuigen of andersom?"

"Daar is door de jaren heen genoeg discussie over geweest."

"En wat zegt de wet?"

Travis liep naar zijn boekenplank en bladerde door tot hij vond wat hij zocht. "Het is het basisrecht van een kind om gehoord te worden in elke voorafgaande zaak. Dat is artikel 12, uit The United Nations Convention of Rights of the Child. Geratificeerd in 1991." Hij sloeg het boek dicht en legde het weg. "Nog andere vragen?"

"Nee, dank u voor uw tijd." Abe stond op en stak zijn hand uit.

"Ik neem nog contact met je op," zei Travis.

Abe ging op weg naar huis. Dat er iemand was om voor zijn vrouw te zorgen als hij weg was, was zijn eerste prioriteit. Bijna thuis vroeg hij zich af of sergeant Miller nog nieuws te melden had. In deze situatie was geen nieuws goed nieuws. Eindelijk thuis aangekomen ging hij naar binnen.

HOOFDSTUK 21

SGT. MILLER OP HET POLITIEBUREAU

Brigadier Miller keek toe hoe mannen en vrouwen in handboeien het bureau binnen paradeerden. Het voelde alsof hij midden in een slecht realityprogramma zat.

"Was het een feest?" vroeg hij aan de arresterende agent.

"Ja, een straatfeest aan de oostkant. Overal drugs en alcohol."

Een vrouw viel hem op, terwijl hij een formulier ondertekende. Ze was blond, met een opvallend te kort rokje en te veel make-up. Ze blies hem een kus toe. Hij keerde haar de rug toe. Beter een kadaver dan een moeder.

Hij vroeg zich af of een moeder beter was dan helemaal geen moeder. Het was als de vraag: als er een boom omvalt in het bos, hoort iemand dat dan? In theorie waren er geen goede antwoorden, maar in werkelijkheid - geen enkele moeder moest beter zijn dan een paar die hij was tegengekomen.

Hij ging net op tijd terug naar zijn kantoor voor de resultaten van de afdrukscan van de vrouw op de plaat. Natuurlijk stond ze in de database, maar ze was niet altijd van hier geweest. Ze kwam uit Quebec. Hij vroeg zich af wat ze in de stad deed. Hij zocht verder naar informatie en vond een vermissingsbericht. Ja, het was de vrouw op de plaat. Hij bladerde door het dossier en onderzocht haar achtergrond. Toen belde hij een van zijn vrienden in Montreal. Een van de jongens die het niet erg vond om in het Engels te praten - en vertelde hem de details.

"Er is zojuist een lichaam van een vrouw gevonden, gebaseerd op een aangifte van vermissing die via uw kantoor is ingediend. Het gaat om Marie Levesque," zei Miller.

Er viel een stilte aan de andere kant, voordat kantoor LaPlante vroeg: "Doodsoorzaak?"

"Haar keel was doorgesneden, maar het is nog niet vastgesteld of dat de doodsoorzaak was."

"Ik zal het hem laten weten. Hij werkt samen met de provinciale politie van Ontario."

"Is hij een lokale agent? Ik kan contact met hem opnemen als je dat liever hebt. Vertel hem alles wat hij wil weten en waar hij moet zijn om het lichaam te identificeren. Ik kan bij hem zijn als hij dat wil. Als hij hier geen familie heeft."

"Ze was alles wat hij had," weifelde LaPlante's stem. "Hij werkte under cover."

Miller aarzelde. "Kan deze moord iets te maken hebben met zijn onderzoeken? Is zijn dekmantel opgeblazen?"

"Uh, ik weet het niet. Ik zal het hier de vlaggenmast in jagen. Ik zoek uit wat ik kan en jij doet hetzelfde aan jouw kant. Heb je connecties bij de OPP?"

"Natuurlijk, ik zal discreet zijn."

"Bedankt, Alex."

"Zeker weten."

Miller hing op, maar hield de telefoon tegen zijn oor gedrukt. Hij wreef over zijn kin op de plek waar vroeger zijn baard zat. Hij miste die baard, maar zijn vrouw zeker niet.

Het was tenminste niet de moeder van kleine Katie, maar het was nog steeds een moord. Met de OPP erbij zouden de zaken in de stad wel eens ingewikkelder kunnen worden. Hij draaide het nummer van Abe en wachtte tot het een paar keer overging.

***

"Hoi Abe, met sergeant Miller, Alex hier."

"Hallo."

"Ik bel alleen om te vragen hoe het met Katie gaat?"

"Ja, Katie maakt het goed," bevestigde Abe. "Nog nieuws over haar moeder?"

"We hebben een paar aanwijzingen, maar niets is zeker."

"Kan ik helpen?"

"We willen graag meer informatie over haar, zoals haar achternaam."

"Het is Walker, daar ben ik achter gekomen door met een van haar buren te praten."

Hij ging zitten. "Wanneer?"

"Op zaterdag. Terwijl El met haar boodschappen deed voor benodigdheden en ik mee ging om een kijkje te nemen."

"Ik neem aan dat mevrouw Walker niet thuis was?"

"Geen teken van haar of iemand anders. Ik heb een praatje gemaakt met de buren."

"Heb je je voorgedaan als een van ons, ik bedoel, een agent?"

"Ik? Ik denk niet dat ik dat zou kunnen, ik ben veel te klein," zei Abe. Beiden lachten. "Maak je geen zorgen, ik was discreet."

"Iets pertinents dat je wilt delen?"

"Uh, nou, veel mannen. Een buurman zei dat het leek alsof het huis een draaideur had. Zei dat de moeder het gesprek van de straat was en niet op een positieve manier."

"Interessant. Voelde je vijandigheid of iets dat in de buurt kwam van een motief?"

"Nee, helemaal niet. Ze is nieuwsgierig en verveeld - maar waarschijnlijk geen moordenaar. De vrouw waar ik de meeste tijd mee doorbracht was dol op Katie. Ze zag ze het huis verlaten. Vroeg zich af waarom ze haar pop meenam naar school. Ze zag ze nooit thuiskomen. Mijn inschatting was, deze vrouw weet alles wat er speelt, op straat met iedereen."

"Oké, Abe, bedankt dat je het me hebt laten weten. Maar blijf nu uit de buurt, laat het onderzoek aan ons over."

"Uh, als jij en de agenten naar het huis gaan, wil ik graag met jullie mee, als dat kan."

Miller haalde diep hoorbaar adem. "Het is geen standaardprocedure, om een burger mee te nemen en het zal even duren om een bevel te krijgen. We zullen waarschijnlijk de deur moeten intrappen."

"Ik wil er nog steeds graag bij zijn. Ik beloof dat ik niet in de weg zal lopen - en de buren hebben me gezien, kennen me."

"Omdat jij het bent, denk ik dat ik een uitzondering kan maken als je belooft in het voertuig te blijven tot ik je anders zeg. Ik geef je een seintje zodra ik het bevel en een team heb aangevraagd. Als je er klaar voor bent, mag je mee. Zo niet, dan gaan we zonder jou naar het huis van de Walker. Duidelijk?"

"Honderd procent," zei Abe glimlachend door de telefoon. Hij hing op en wendde zich toen tot zijn vrouw die bezig was Katie's haar te borstelen: "Ik moet misschien weg zodra de telefoon gaat."

"Heeft dit iets met Katie te maken?" vroeg Benjamin. Hij had televisie gekeken.

Abe schoof dichter naar hem toe en fluisterde: "Dat was sergeant Miller aan de lijn. Ze hebben nog geen definitief nieuws."

"Mag ik mee?" vroeg Benjamin.

"Onnodig, maar toch bedankt," zei Abe. Hij verlaagde zijn stem tot een fluistering, "Sgt. Miller wilde niet dat ik meeging, maar ik stond erop. Tussen jou en mij gaan we haar huis onderzoeken."

"Oké, laat me weten wat je vindt. In de tussentijd regel ik de dingen hier. Misschien neem ik Katie mee naar buiten voor een frisse neus." Benjamin stond op en zei: "Iemand zin in een wandeling?"

"Ik!" piepte Katie.

"Ik ook!" zei El.

Ze vertrokken en Abe zat naast de telefoon te wachten op het telefoontje van Sgt. Miller.

HOOFDSTUK 22

OMHULLING VAN DE VERBINDING

Miller bracht de korpschef op de hoogte van Katie's situatie. Terwijl hij op het huiszoekingsbevel wachtte, organiseerde hij twee agenten om hem te vergezellen. Hij belde Abe, "We zijn over tien minuten bij jou, ben je er klaar voor?"

"Tien-vier," antwoordde Abe.

De agenten grinnikten achter Miller.

"Hij is een goede man," zei Miller, terwijl hij het gaspedaal naar de vloer duwde.

Abe was erg opgewonden om deel uit te maken van de actie. Hij glimlachte toen de cruiser voor het huis stopte. Miller stapte uit en overhandigde hem een kogelvrij vest dat hij onder zijn shirt aantrok.

Terwijl hij dat deed, stelde Miller hem voor aan agenten Belago en Rippon. Hij schudde hen de hand. Hij wilde hen laten weten dat Abe Julius geen mietje was.

Abe maakte aanstalten om op de achterbank te gaan zitten, maar de twee agenten maakten plaats zodat hij voorin kon gaan zitten. "En nee, je mag niet met de sirene spelen," zei Miller. De agenten grinnikten.

Miller had een beetje een loden voet en één agent achterin zei dat ook. Hij lachte. "Ik ben nog steeds je baas, zelfs met een burger voorin. Bij het huis gaan we met z'n drieën naar binnen. Abe zoals afgesproken blijf jij in het voertuig."

"Ja, dat begrijp ik, maar laat het me weten als je mijn hulp nodig hebt."

"Uh, ja." Dan een blik werpend in de achteruitkijkspiegel: "Als we eenmaal binnen zijn jongens, kijken we even snel rond. Doe zoals gewoonlijk je handschoenen aan en denk eraan dat je niets aanraakt of beweegt.

"Zoals we besproken hebben, zou een foto van de moeder en dochter handig zijn. Zoek er ook een met de vader erop."

Abe verschoof in zijn stoel. Hij had graag de kans gehad om nog een kopje thee te drinken en een praatje te maken met de nieuwsgierige buurvrouw.

"Ik laat de radio aan als we naar binnen gaan, zodat je naar wat deuntjes kunt luisteren."

Ze stopten op een vastgelopen kruispunt. Een botsing tussen meerdere voertuigen blokkeerde het verkeer. Miller zette het rode licht aan met de sirene en maakte plaats, nadat hij had gevraagd of iedereen in orde was.

"Mag ik die een keer lenen?" vroeg Abe, terwijl hij het raampje naar beneden rolde.

Iedereen lachte terwijl Miller zei: "Echt niet."

"We zijn er," zei agent Belago.

Miller draaide het volume van de radio omhoog. "Alles klaar, Abe. Blijf hier en blijf zitten."

"Ik bescherm het voertuig," zei Abe.

Brigadier Miller trok zijn handschoenen aan. "Laten we gaan jongens."

✳✳✳

Brigadier Miller klopte eerst aan en belde toen aan, terwijl agenten Rippon en Belago een oogje in het zeil hielden. Toen niemand opendeed, ging Rippon naar de rechterkant van het huis, terwijl Belago de andere kant in de gaten hield. Na enkele ogenblikken kwamen ze terug.

"Alles veilig," zei Belago.

"Alles veilig, baas."

"Oké, laten we kijken of we binnen kunnen komen zonder de deur open te breken," zei Miller.

Belago haalde gereedschap uit de kofferbak. In een mum van tijd hadden ze het slot opengepeuterd.

Miller stak zijn hoofd naar binnen en riep: "Hallo? Iemand thuis?"

Toen ze niets hoorden, gingen ze naar binnen met hun wapens in de aanslag. Het enige geluid was het gezoem van de koelkast. Miller opende de deur en ontdekte dat die gevuld was met eten, specerijen en verschillende flessen ontkurkte wijn.

"Ziet er niet uit als iemand die een reis heeft gepland," vermoedde hij.

Belago en Rippon onderzochten de begane grond.

"Alles veilig en afgesloten," meldde Belago.

Op de schoorsteenmantel in de woonkamer hingen familiefoto's. "Neem die," zei Miller, wijzend naar een foto van een klein meisje en een man. Abe had het niet over een vader gehad. Sterker nog, de buurvrouw had Abe verteld dat het huis een draaideur van mannen had. Wie was dan de man op de foto met Katie? Nadat hij alle tentoongestelde foto's had bekeken, was hij verbaasd dat er geen moeder en dochter foto's waren.

De agenten volgden Miller de krakende trap met tapijt op.

"Hallo, politie!" riep Miller, met zijn wapen vooruit gericht en klaar voor alles. Alles behalve wat zijn neus binnendrong. De onvergetelijke stank van de dood.

De agenten kokhalsden onwillekeurig terwijl ze hun weg vervolgden naar de top van de trap. Nu op de overloop was de stank ondraaglijk.

In tegenstelling tot de stank was de eerste kamer rechts een kinderkamer, helemaal in het roze, met ruches op het bed en bloemetjesbehang.

Naarmate ze verder liepen, werd de stank erger en vulden hun ogen zich met water. "Dit ziet er niet goed uit, baas," zei Belago, waarna hij zijn adem inhield.

"Het ruikt ook niet geweldig," antwoordde Miller terwijl hij verder liep naar de kamer aan het einde van de gang.

Het bleek de ouderslaapkamer te zijn waarvan de deur wijd openstond en binnen in het bed lag een dode man.

En het was niet zomaar een dode man. Het was de man die ze net beneden hadden gezien op een foto op de schoorsteenmantel met het kleine meisje.

Hij lag onder de dekens, maar de romp en het onderlichaam zagen er vreemd uit, of om specifieker te zijn, ze waren vreemd uitgelijnd. Rechtop, maar niet recht. Hij gooide de dekens terug.

"Jezus," zei agent Belago terwijl hij observeerde dat de man naast zichzelf zat.

"Waarom zou iemand nu zo gaan zitten nadat hij hem doormidden heeft gesneden?" vroeg Miller.

"Er is hier geen bloed," merkte Rippon op, "en geen bloederig spoor."

Vlezige ranken kwamen uit beide helften van de romp.

"Rigor mortis is ingetreden, dat verklaart de positie - enigszins," zei Miller. "Ik bel het door, jullie zoeken het wapen." Toen sprak hij weer in de telefoon.

"Ja, dit is sergeant Miller. We hebben hier een volledig forensisch team nodig. En back-up om het terrein te beveiligen. Ook de lijkschouwer, een ambulance, een lijkzak. Oh, en zeg dat ze de sirenes niet moeten gebruiken - we willen niet dat de hele buurt naar buiten komt om de show te zien. Ja, tien voor vier."

"Baas, we hebben iets gevonden," riep Belago vanuit de hal.

De badkamer was een bloederige puinhoop. In de badkuip: een kettingzaag. Er was bleekwater overheen gegoten om de geur van al het bloed te maskeren.

"Hij was hier zeker gesneden," zei Rippon, terwijl hij zijn neus bedekte met de rug van zijn hand.

"Bleek, bloed en luchtverfrisser, een dodelijke combinatie," zei Miller, terwijl hij een zucht tegenhield.

Hij riep opnieuw: "Zeg tegen het forensisch team dat ze in volle uitrusting moeten komen." Toen tegen de agenten: "Laten we kijken welk bewijs we kunnen verzamelen voordat de anderen arriveren."

"Hoe zit het met je vriend in de auto?"

"Hij blijft zitten, totdat ik hem anders zeg."

"Niet het nieuwsgierige type?" vroeg Belago.

"Hij is nieuwsgierig, maar hij weet wanneer hij moet stoppen."

HOOFDSTUK 23

HET LICHAAM

Ze gingen terug naar de kamer met het lichaam toen Miller's telefoon ging. Het was de korpschef die om meer details vroeg over de vermoorde man. "Hij is al een paar dagen dood, midden dertig, man, blank."

"Enig idee hoe hij gestorven is?"

"Ja. We hebben een zaag gevonden in de badkamer. Hij is daar in stukken gehakt en daarna in twee delen in het bed gelegd. Ze hebben veel moeite gedaan om het lichaam eerst leeg te zuigen en de segmenten onder de dekens op het bed te leggen. Het was alsof hij naast zichzelf zat."

"Klinkt als iemand met een vreemd gevoel voor humor."

"Hier wonen een moeder en kind. Deze man stond op een foto op de schouw met de kleine Katie. Ik zie niet in hoe een vrouw dit had kunnen doen, zonder hulp."

"Klinkt op zijn minst als een klus voor twee personen. Vertel het me als je terug bent op het bureau."

"Zal ik doen," zei Miller en verbrak toen de verbinding.

"Sergeant," fluisterde Rippon, "deze man komt me bekend voor."

"Hij stond op de foto beneden."

Miller lachte. "Ik ben het met je eens, hij lijkt inderdaad op iemand. Misschien komt hij uit een vooraanstaande familie?"

"Hallo!" riep een vrouwenstem van beneden.

"Jezus, wie is dat nu?" vroeg Miller, terwijl hij naar de bovenkant van de trap liep.

De vrouw in de foyer voldeed aan de beschrijving van de "nieuwsgierige buurvrouw" die Abe zei te hebben gesproken. Hij leunde over de leuning.

"Verlaat alstublieft onmiddellijk het pand."

Ze bewoog niet, alsof haar voeten vastzaten. Ze begon te brabbelen, "zo bezorgd om dat kleine meisje, arm ding."

Hij begon de trap af te lopen, "Je moet gaan."

Ze sprong op.

"Bedankt voor je bezorgdheid, maar je moet nu gaan." Hij leidde haar het huis uit en het gazon op. Hij keek Abe aan en vroeg zich af waarom hij haar niet had tegengehouden om naar binnen te gaan. Toen herinnerde hij zich dat hij zijn oude vriend specifieke instructies had gegeven om bij het voertuig te blijven, wat er ook gebeurde.

Miller ging terug naar binnen en sloot de voordeur achter zich. Hij was naar beneden gekomen toen het forensisch team en de anderen arriveerden en had hen binnengelaten in plaats van het risico te nemen dat andere buren naar binnen zouden gaan.

Judy Smith snoof in haar zakdoek op het gazon en zag toen Abe in de auto. Ze zwaaide naar hem en hij zwaaide terug.

Toen liep ze naar de overkant van de straat, naar de voortuin van haar eigen huis en bleef daar gapend staan.

✳✳✳

Het duurde niet lang voordat verschillende voertuigen de oprit vulden en de straten omzoomden.

"Hier is niets te zien," zei er een tegen Judy Smith.

Abe keek naar alles wat er om hem heen gebeurde en wilde dolgraag weten wat er aan de hand was. Wat hadden ze binnen gevonden? Was Katie's moeder dood? Ze hadden een brancard voor iemand meegenomen. Misschien was ze gewond? En Judy Smith was het huis binnengelopen, brutaal als koper. Kon hij maar naar buiten om vragen te stellen.

Hij bleef kijken terwijl ze het terrein afzetten met dat gele lint dat hij alleen op televisie had gezien. En het team van mensen dat naar binnen ging met maskers en handschoenen op - dat waren forensisch onderzoekers. Die had hij ook op televisie gezien.

Hij voelde zich een kruisbes en was blij toen Miller weer in de auto stapte.

Ze reden verder - de hele reis lang sprak Miller geen enkel woord. Zelfs geen gedag toen Abe uit de auto stapte.

✳✳✳

Op de terugweg naar het huis van de Walker nam Miller door wat hij wist. Hij was dankbaar dat Abe hem niet met vragen had bekogeld.

Toen hij verderop parkeerde, stapte hij uit de auto. Hij zag een gordijnverschuiving en vroeg zich af of de nieuwsgierige buurman daar woonde. Hij klopte op de voordeur en liet zijn badge zien.

"Brigadier Miller," zei hij. "Sorry van daarnet, maar burgers mogen niet op de eh, plaats delict komen."

"Dat begrijp ik," zei ze. Toen leunde ze dicht tegen zich aan: "Ik mis nooit een aflevering van CSI en ik heb elke Agatha Christie roman gelezen."

Hij glimlachte. "Vind je het erg als ik je een paar vragen stel?"

"Nee, ik help je graag. Ik ben de hele tijd thuis met mobiliteitsproblemen. Kom binnen en neem plaats." Hij volgde haar de zitkamer in. Haar stoel stond half in de richting van de televisie en half in de richting van de straat. In de kamer hing een vage geur van sigaretten en VapoRub. De forse vrouw zakte eerder in haar stoel dan dat ze ging zitten.

Miller liet haar even zitten en vroeg toen: "Wanneer heb je voor het laatst iemand zien komen of gaan van het huis aan de overkant?"

Ze vouwde haar handen en legde ze op haar schoot. "Op vrijdagochtend gingen het kleine meisje en haar moeder weg, later dan normaal."

"Katie is toch haar naam? En haar moeder heet Jennifer?"

"Ja, dat klopt. En ze sleepten die pop mee."

"Verder nog iets over mevrouw Walker? We hoorden dat ze terugkeerde naar het huis, nadat ze wegging, maar zonder het kind."

"Niet dat ik gezien heb." Ze stopte. "Oh, nu ik erover nadenk, ik heb snel gedoucht." Ze aarzelde, leunde toen dichterbij en fluisterde: "Ik ben niet iemand die verhalen vertelt, maar één ding dat me opviel aan mevrouw Walker was dat ze die ochtend een pruik droeg. Ik dacht: waar gaat die vrouw in vredesnaam heen met haar kleine meisje gekleed in van die glinsterende sandalen en met een pop op een schooldag? Ik dacht dat ze die misschien meenam om te laten zien en vertellen, maar dat is alleen voor jongere kinderen." Ze aarzelde.

Ze wierp een blik uit het raam, toen er een auto voorbij reed en ging toen verder. "En zij zo opgedirkt en met een pruik op? Het sloeg allemaal nergens op. En ik dacht aan dat arme kleine meisje.

"Ik woon al mijn hele volwassen leven in deze straat en ik heb veel vreemde dingen gezien. Ik heb genoeg tijd nodig om het je allemaal te vertellen." Ze haalde diep adem. "Maar je bent niet geïnteresseerd in alles, je bent geïnteresseerd in de Walkers. Laat ik alleen zeggen dat het op die ochtend de eerste keer was en waarschijnlijk de laatste keer dat ik ooit zo'n ongewoon trio door onze straat zal zien lopen."

"Een pruik, hè?" Dit was toegevoegde informatie. Hij haalde zijn pen en papier tevoorschijn.

""Ja, het was vreemd. Naast de pruik droeg Katie sandalen, ongepast voor school. Waarom, toen mijn jongens naar school gingen waren zulke sandalen niet toegestaan. Er waren regels om je aan te houden. Alles verandert, altijd ten kwade." Ze snoof. "Bovendien had dat kind moeite om bij te blijven en ze waren nog maar net het huis uit en ze had die pop op sleeptouw."

"En de dag ervoor, heb je iets gezien of gehoord?" Hij kende haar type. Abe had gelijk. Judy Smith had niets beters te doen dan haar neus in andermans zaken te steken. Het was niet bepaald een eigenschap die hij zocht in een vriendin of buurvrouw, maar in dit geval zou ze wel eens zijn enige aanknopingspunt kunnen zijn.

Ze dacht erover na. "De dag ervoor, niets. Niemand kwam of ging." Ze aarzelde. "De dag daarvoor herinner ik me echter iets. Wil je een kopje thee?" Ze draaide haar lichaam een beetje om naar een kat te kijken die voorbij liep.

"Nee dank je," zei hij. "Ga alsjeblieft verder."

"Op donderdag was ik buiten wormen aan het halen voor mijn zoon."

Hij keek op van zijn notitieblok.

"Mijn zoon vist op zijn vrije dag. De dokter zegt dat het goed is, dat ik wormen verzamel."

Hij knikte. "Alleen de feiten, alsjeblieft." Hij wenste zo dat ze ter zake zou komen.

"Ik hoorde geschreeuw en stemverheffing."

Hij ging overeind zitten, nu weer geïnteresseerd. "Van een vrouw? Van een kind?"

"Een vrouw, ja. En een man."

Hij knikte voor haar om verder te gaan.

"Ik was klaar met het halen van de wormen en alles werd stil. Ik keerde terug naar binnen."

"Enig idee wie de man was of wanneer hij aankwam?"

Ze fronste. "Mannen kwamen en gingen in dat huis. Ik zou een uitgebreide lijst nodig hebben om het bij te houden." Ze pakte een paperback roman en waaierde zichzelf uit. "Oh, ik herinner me wel iets anders. Het schoot me zomaar te binnen. Op vrijdag rond het middaguur, toen ze terugkwam - mevrouw Walker, stond er een auto te wachten. Ze liet hem de garage inrijden."

"Wat gebeurde er toen?"

"Ik viel in slaap. Ik slaap hier soms in mijn stoel. Maar ik hoorde het, duidelijk - een dreunend geluid. Als een grasmaaier, of."

"Een zaag?"

"Het zou een zaag geweest kunnen zijn."

"Oh," zei hij. "Heb je het voertuig zien vertrekken?"

"Nee." De voordeur gierde open en sloeg toen dicht. "Charlie?" riep ze. Charlie was haar taxichauffeurszoon en na de kennismaking vertelde ze hem alles over het gesprek.

"Ik kwam vrijdagmiddag thuis om te lunchen," zei hij. "Mam was weggedommeld in haar stoel, maar het geluid maakte haar wakker. Ik hoorde het toen ik vanuit mijn auto liep. Het klonk voor mij zeker als een motorzaag."

"Jullie zijn allebei zeker van de tijd?"

Ze knikten.

Boven hoorde Miller een stoel tegen de vloer schrapen. "Is er nog iemand in huis?"

Voor het eerst leek de vrouw nerveus en ze wreef in haar handen terwijl ze sprak. "Ja, dat is mijn andere zoon. Ik kom er zo aan!" riep ze, zonder een poging te doen om op te staan.

Er klonk een geluid als van een gewond dier door het huis. Na twee pogingen stond ze op. "Ze zeggen dat hij niet goed in zijn hoofd is, maar hij is nog steeds mijn zoon."

"Het is goed, mam," zei Charlie en klopte haar op de arm toen ze langsliep.

"Ik wil hem graag ontmoeten," zei Miller.

"Natuurlijk - kom maar naar boven," zei Judy, terwijl ze de eerste trap opliep en zich aan weerszijden vasthield aan de leuningen. Miller liep voorop. Toen ze boven aan de trap was, klopte ze zachtjes voordat ze naar binnen ging. "We hebben een gast voor je, liefje, hij is politieagent."

Miller duwde zich een weg naar binnen en stak zijn hand uit naar de man - die de gunst niet beantwoordde. In plaats daarvan zat hij met de vingers van zijn rechterhand op het toetsenbord van een kleine laptop. De man keek uit het raam toen er een auto voorbij reed en klikte op het toetsenbord.

Hij stak de kamer over om het beter te kunnen bekijken. De man was het kenteken van de auto buiten aan het intypen. Niet alleen de cruiser, maar elk voertuig dat hij kon zien. "Ben je geïnteresseerd in voertuigen, of in kentekens?" vroeg hij.

"Nee, Nee, Neeee!" riep hij, terwijl hij zichzelf met beide vuisten op de zijkanten van zijn hoofd sloeg.

"Gerald, hou daar nou eens mee op!" zei zijn moeder, die zijn beide vuisten vastpakte en hem, nadat hij tot rust was gekomen, een kus op zijn voorhoofd gaf terwijl ze ze losliet. "De aardige man toonde alleen interesse in je werk."

Gerald tikte op zijn toetsenbord.

"We gaan nu, wees niet onbeleefd en breng je moeder niet meer in verlegenheid. Ga zo door met je uitstekende werk." Ze sloot de deur achter hen. Op de trap zei ze: "Hij heeft problemen."

"Hebben we niet allemaal," antwoordde Miller. Nu ze weer in de woonkamer was, was Charlie er niet meer.

Hij wachtte tot ze zat, voordat hij zelf ging zitten. "Je noemde wat hij deed werk, wat bedoelde je daarmee?"

"Ooit gehoord van de term hexakosioihexekontahexafobie of triskaidekafobie?" vroeg ze.

"Ben bang van niet. Maar fobie springt eruit. Hij heeft fobieën, waar gaat het over?"

"Hij is bang voor getallen als zesenzestig en dertien. Er is geen rijm of reden waarom. Toen hij een psychiater ontmoette, stelde zij voor dat hij letters of getallen zou bijhouden. Hij houdt kentekennummers bij, die zijn voor hem het makkelijkst te zien omdat hij het grootste deel van de tijd op zijn kamer is."

"Het zou nuttig voor ons kunnen zijn om te zien wat hij heeft genoteerd. Hoe lang doet hij dat al?"

"Jaren, en ja, dat zou geregeld kunnen worden, als dat zou helpen."

"Ik weet niet zeker of jullie het weten, maar Jennifer Walker wordt vermist. Alle informatie over het komen en gaan zou nuttig zijn."

Hij overhandigde haar zijn kaartje. "Daar staat mijn e-mailadres. Als je me het bestand kunt sturen, het hoeft niet opgeknapt of mooi te zijn. Ik zal mijn mensen het laten doornemen en kijken of er iets is wat we kunnen gebruiken."

Ze nam hem mee naar de deur en zwaaide gedag. Toen hij wegliep, zag Miller de gordijnen boven een beetje opengaan en weer dichtgaan.

Die jongeman boven had een schat aan informatie. Mogelijk een record van elk kenteken van elk voertuig dat ooit in de straat was aangekomen.

Hij vroeg zich af of de buren wisten dat hun voertuigen en die van hun gasten werden gemerkt. Hij glimlachte. Als ze het wisten zouden ze het zeker niet leuk vinden - en het was waarschijnlijk tegen elke privacywet die er bestond. Toch had hij een moord op te lossen en een vermiste vrouw te vinden - en hij zou alle middelen die hij te pakken kon krijgen gebruiken om de onderliggende oorzaak te vinden.

Terwijl hij terugreed naar het bureau, bedacht hij hoe gemakkelijk het voor Abe was om de nieuwsgierige buurman te vinden. Hij had goede instincten en pikte het snel op, en het was de eerste keer dat hij de buurt bezocht. Het was een eerlijke inschatting dat alle buren wisten van Judy Smiths gewoonte om haar neus in hun leven te steken. Was dat de reden waarom degene die het lichaam had opengesneden, het daar onder de dekens had laten liggen in plaats van het weg te gooien?

Hij keerde terug naar het bureau. Hoe hard hij ook zijn best deed, hij kon de vieze stank van de dood niet uit zijn neusgaten krijgen. Hij controleerde zijn e-mail, nog niets van de vrouw Smith.

Zonder berichten of actuele informatie om op te volgen, liep hij naar het mortuarium. Als er niets anders was, kon hij ze op de hoogte brengen van de laatste informatie - Jennifer Walker had een pruik gedragen. Nu moest hij de reikwijdte vergroten.

Er was niet veel anders dat hij kon doen totdat ze de dode man positief hadden geïdentificeerd. Hij wilde dat hij zich kon herinneren waar hij hem had gezien. De herinnering was net buiten bereik.

Eén ding wist hij zeker: de man was niets goeds van plan.

HOOFDSTUK 24

ABE EN EL

Toen hij thuiskwam, ging Abe meteen naar zijn kantoor. Hij had tijd nodig om alles wat hij had gezien te verwerken.

"Klop, klop," zei El toen ze binnenkwam. "Je ziet er verontrust uit, liefje," masseerde ze zachtjes de schouder van haar man.

"Gewoon aan het denken," zei hij, terwijl hij rechtop in de stoel ging zitten. El ging door met het masseren van zijn schouders en toen gingen haar handen naar zijn nek.

Toen haar vingers pijn begonnen te doen, vroeg ze: "Wil je een warme kop thee?"

Abe stond op. "Graag, maar ik haal het zelf wel." Hij verliet het kantoor.

El liep achter hem aan: "Zal ik er een voor je maken? Ik kan ook wel een kopje thee gebruiken."

"Nee, laat mij maar," zei Abe toen ze de keuken naderden. El volgde hem op de hielen.

"Wil je ophouden met dat gedoe!" zei Abe, wat luider dan hij had verwacht.

"Is alles in orde?" vroeg Benjamin.

El zei: "Alles is prima. We zijn aan het uitmaken wie er een beter kopje thee zet. Tot nu toe denkt Abe dat hij wint. Ga nu maar weer naar je spel kijken."

Benjamin en Katie verveelden zich met de televisie en zetten hem uit en gingen een spelletje dammen spelen.

"Laat me deze keer niet winnen!" zei Katie.

"Ik nooit!" zei Benjamin, over het gerinkel en gekletter van kopjes en schotels in de keuken heen.

Even later stak El haar hoofd in de woonkamer. "Wie is er aan het winnen?" vroeg ze.

"Ssst," zei Katie. "Hij concentreert zich."

Benjamin glimlachte.

"Het is een heerlijke zonnige dag buiten en ik denk dat jullie twee naar buiten moeten om een frisse neus te halen. Of misschien een balletje trappen!"

"Dat is een slim idee. Kom op!" zei Benjamin.

"Dat zegt hij alleen maar omdat ik aan het winnen ben!" kirde Katie, terwijl ze hem de deur uit volgde naar de achtertuin.

Uit de drankkast in de hoek van dezelfde kamer schonk El een scheut van Abe's favoriete Scotch van vijftig jaar oud in een glas. Ze voegde er een scheutje frisdrank aan toe. Ze droeg het naar hem toe.

"Ik dacht dat iets sterkers misschien je zenuwen zou kalmeren."

Hij glimlachte en bedankte haar, terwijl hij haar hand aanraakte. "Het spijt me, El."

Ze kuste hem op zijn voorhoofd en ging toen naar het keukenraam dat uitkeek op de tuin. El lachte en al snel voegde Abe zich bij haar. Samen keken ze naar de twee kinderen die in de tuin renden en speelden.

Abe nam een paar slokken en ontspande zich, hopend dat de lijkzak die hij bij het huis had gezien niet het dode lichaam van Katie's moeder Jennifer Walker had bevat.

HOOFDSTUK 25

SGT. MILLER

Miller kwam aan bij het mortuarium en maakte een kort praatje met hoofd Forensische Pathologie J. T. Patterson, die hem toen moest verlaten voor een identificatie.

Even later arriveerden de autopsietechnici met de lijkzak uit het huis van de Walker. Er zat een identificatieblad bij en een container met de tekst Persoonlijke Bezittingen. Een fotograaf nam foto's terwijl het zegel werd verwijderd. Daarna werd het lichaam op de onderzoekstafel gelegd. Miller bleef uit hun buurt, terwijl het lichaam werd uitgepakt door de dieners.

Patterson kwam de kamer weer binnen en trok hem opzij. "Een OPP-agent is boven in de kijkkamer. Hij heeft zojuist het lichaam van zijn vrouw geïdentificeerd."

"Levesque?" vroeg Miller.

"Ja, ken je hem?"

"Nee, maar ik ben degene die het lichaam heeft gemeld en op basis van informatie die ik zag in de database dacht ik dat zij het was."

"Zou je het erg vinden om een praatje met hem te maken? Van daarboven kun je alles zien wat er hier beneden gebeurt. Het duurt nog wel even voordat we met de autopsie beginnen."

"Natuurlijk."

"Als we eenmaal beginnen, voel je dan vrij om vragen te stellen. We zullen je kunnen horen en antwoorden, al zullen onze antwoorden misschien niet direct zijn. Onze prioriteit is het lichaam van de persoon."

"En terecht," zei Miller. Toen verliet hij de kamer en stopte onderweg even om een kop hete thee uit de automaat te halen. Hij overhandigde het aan Levesque, stelde zich voor en zei toen: "Het spijt me van je vrouw."

"Merci. Ze was alles voor me, Mon monde entier. Onze kinderen hebben het ook niet gered. Het brak haar hart. Daarom zijn we hierheen verhuisd, voor de verandering van omgeving en om opnieuw te beginnen." Hij vocht tegen een snik en nam toen een slok van de hete thee. "Goed," zei hij.

"Het spijt me heel erg."

"Dank je."

Miller en Levesque zaten naast elkaar terwijl het personeel beneden zich klaarmaakte om met de autopsie te beginnen.

"Kunnen we ergens anders heen?" zei Miller.

"Nee, dat is mijn vrouw niet. Ik ben oké."

Patterson keerde terug naar de autopsiekamer beneden, gekleed in een operatiepak, chirurgische markering, handschoenen en hoge zwarte laarzen. Miller en Levesque keken toe hoe ze monsters namen en deze in containers deden die vervolgens in bioveiligheidskasten werden geplaatst.

Toen bleek dat ze klaar waren, vroeg Miller: "Uh, wat weet je tot nu toe?"

"Bedankt voor het wachten," zei Patterson. "Gebaseerd op de kneuzingen rond de neus en mond, en de bloeddoorlopen toestand van zijn ogen, is dood door verstikking zeer waarschijnlijk. We moeten echter wachten tot de bloedmonsters terugkomen van het lab om het te bevestigen."

"Dus hij was dood, voordat hij in tweeën werd gesneden?"

"Ik zou zeggen van wel," bevestigde Patterson.

"Ik ken deze man," zei Levesque, terwijl hij bijna zijn kopje thee morste dat hij nu op de richel zette.

Miller kwam dichterbij. "Wie is hij? Ik herken hem ook, net als mijn agenten, maar geen van ons kon zich herinneren waar we hem gezien hadden."

"Zijn naam is Mark Wheeler. We hebben onderzoek gedaan naar hem en zijn handlangers in de drugshandel. Hij is de zoon van F.D. Wheeler, de miljardair en mediamagnaat."

Miller herinnerde het zich nu weer; hij had zowel vader als zoon ontmoet op evenementen om geld in te zamelen. "Zegt de naam Jennifer Walker je iets?"

"Ja, zij was zijn laatste verovering - zijn bijbaantje. Wat is er met haar gebeurd?"

"We vonden hem zo in haar huis en ze wordt vermist."

"Is ze een verdachte?"

"Zeker weten. En luister goed, zijn lichaam was doormidden gezaagd met een zaag. In het bed gepositioneerd, alsof hij naast zichzelf zat."

"Klinkt als een verklaring."

"Een verklaring van wie? En voor wie?"

"Dat weet ik niet," zei Levesque.

Miller voegde eraan toe. "Jennifer Walker had een dochtertje; wist je dat?"

"Nee, dat wist ik niet. Is zij ook vermist?"

"Nee, ze is veilig, maar geen teken van haar moeder. En dat huis was een puinhoop. Ze kan daar niet terug naartoe."

Levesque stond op. "Het spijt me dit te horen, maar ze wachten op me in het uitvaartcentrum. Als ik iets bedenk dat kan helpen, laat ik het je weten. Bedankt voor je vriendelijke woorden en voor het kopje thee." Hij gooide het lege kopje in de prullenbak en verliet de kamer.

Patterson zag Levesque vertrekken en zei: "Ik bel je als we iets zeker weten. Het heeft geen zin om hier te blijven. Het zal dagen duren voordat het lab de resultaten van sommige dingen terug heeft, van andere misschien uren als we geluk hebben."

"Bedankt."

Miller ging terug naar het station en klikte Mark Wheeler's naam in de database. Er was veel informatie over hem, zowel goede als slechte. Vooral slechte, want hij zat goed in de drugshandel. Hij besteedde de middag aan het invullen van rapporten en stuurde een paar agenten erop uit om de nabestaanden op de hoogte te stellen.

Miller liep druk rond op het bureau om te zien waar hij nodig was, toen een paar uur later Patterson belde. "De resultaten zijn net binnen: de doodsoorzaak was verstikking. Ik had gelijk - hij was dood toen ze hem doormidden sneden."

HOOFDSTUK 26

HOME SWEET HOME

Het was bijna middernacht. Het huis was stil op één geluid na, het geluid van Abe's blote voeten die over de hardhouten vloeren sloegen terwijl hij heen en weer ijsbeerde. Hij was grotendeels aangekleed, op zijn sokken en schoenen na. Hij zuchtte, deed zijn handen achter zijn rug en liep. Toen draaide hij zich om en liep de andere kant op.

El zat in haar nachtjapon en smeerde koude crème op haar wangen en voorhoofd. Ze legde haar kussen omhoog en pakte een dichtbundel van Mary Oliver van het nachtkastje en begon te lezen. Ook al was Mary haar favoriete dichter, El kon zich gewoon niet concentreren op de woorden of het ritme van de regels.

Ze sloeg het boek dicht, trok de dekens omhoog en keek hoe haar man op en neer liep. Uiteindelijk vroeg ze: "Wat is er aan de hand mijn liefste?"

Abe stopte even en ging toen meteen weer verder met ambuleren.

"Vertel eens. Je weet wat ze zeggen over een gedeeld probleem."

"Dat kan ik niet."

El draaide het bed naar beneden en stapte in haar pantoffels. Ze leidde Abe bij de hand en zette hem neer op het uiteinde van zijn kant van het bed. Ze knielde, wiegde zijn hoofd tussen haar handen en ging toen verder met het masseren van zijn slapen. Abe verzette zich eerst, vooral omdat hij oververmoeid was, maar al snel kalmeerde zijn ademhaling. Ze maakte zijn knopen los en trok zijn overhemd uit, waarna ze het verving door zijn nachthemd. Ze probeerde zijn broek los te maken.

"De rest kan ik zelf wel," zei Abe, terwijl hij zijn broek losmaakte en zijn ondergoed naar beneden trok.

El raapte de vuile kleren op en legde ze in de wasmand. Toen ze terugkwam, stond Abe als een klein jongetje te wachten tot zijn moeder hem in bed zou instoppen.

"Zoals je wilt," zei ze, terwijl ze hem bij de hand nam, zijn kussen opschudde en hem onder de dekens stopte.

"Dank je, liefje," zei hij geeuwend.

El ging terug naar haar kant van het bed en trok haar slippers uit. Ze schoof onder de dekens, of probeerde het, maar zoals altijd hield haar man de meeste warmte vast.

Ze verschoof rustig haar kussen, probeerde zich te hervestigen, maar dat lukte niet. In plaats daarvan luisterde ze hoe zijn ademhaling veranderde, en toen wist ze dat hij sliep.

Het maanlicht viel door de gordijnen naar binnen en wierp een magische schaduw op haar kant van het bed. Ze dommelde in en dacht terug aan de dag waarop ze haar man voor het eerst ontmoette.

Zij en haar vader werkten in het familiebedrijf. Ze verkochten stoffen uit de hele wereld en elk accessoire dat ze te pakken konden krijgen en dat met naaien te maken had. Haar vader was er trots op dat hij de nieuwste en modernste naaimachines verkocht. Haar moeder, aan wie ze geen herinneringen had, was de inspiratie geweest voor de winkel. Haar moeder was overleden tijdens de geboorte van haar zusje.

Toen ze de zaak begonnen, deden zij en haar vader het meeste werk. Haar zus hielp wanneer ze kon. De best verkopende en meest gewilde stoffen waren die geïmporteerd uit Azië en Europa.

Op een dag kwam er een stoffenverkoper binnen: Abe. Haar vader had hem ontmoet op een inkoopconferentie in New York. Hij sprak vol lof over de jongeman en zei dat hij geboren was als "stoffenverkoper".

"De jongen heeft een gave," zei haar vader. "Een door God gegeven gave, om kwaliteit te voelen en trends te herkennen voordat ze trends worden in de stoffenindustrie."

"Waarom nemen we hem niet aan, vader?" vroeg El.

"Ik denk niet dat we hem kunnen betalen. Maar ik heb hem uitgenodigd om mee te eten. Je kunt je speciale gebakken kip, koekjes en aardappelpuree koken. We kunnen uitvinden of de weg naar het hart van een man echt is door hem te voeren."

Ze lachte, maar ze was opgewonden om deze nieuwe man te ontmoeten. Deze Abe, met het geschenk.

Die middag kwam hij aan in de winkel. Ze vermoedde vrijwel meteen dat hij het was. Hij was iets langer dan 1 meter, gekleed in een grijs pak dat hem als een tweede huidlaag omhulde. Zijn blonde haar was naar achteren gekruld, netjes, met niet al te veel olie. Ze werd tot hem aangetrokken, als een bij tot basilicum, terwijl ze toekeek hoe hij met zijn vingers door hun duurste selectie geïmporteerde stoffen ging.

Haar vader liep door de winkel naar hem toe. "Welkom, Abraham," zei hij terwijl ze elkaar de hand schudden. "Dit is mijn dochter, El."

"Ik word liever Abe genoemd," zei de jongeman.

El bloosde, ze had nog nooit gehoord dat iemand het oneens was met haar vader. Zelfs nu nog, als ze aan dat moment dacht, werden haar wangen warm.

Dan waren er andere momenten. Krachtiger moment waarop ze kippenvel op haar armen kreeg. Het was een magische verbinding. Ze waren voor elkaar gemaakt. Als huwelijkscadeau kreeg ze de winkel van haar vader.

Twee jaar later overleed haar vader en verhuisde haar zus om met haar man een gezin te stichten. Ondertussen hielden zij en Abe de zaak draaiende, in zeer moeilijke tijden.

Het lukte El, die altijd al kinderen had gewild, niet om zwanger te worden. Nadat er tests waren gedaan, werd bevestigd dat ze niet zwanger kon worden. Ze maakte zich zorgen dat ze Abe teleur zou stellen, maar hij vond het niet erg - of als hij het wel erg vond, liet hij het haar niet weten. Het bedrijf werd hun baby.

Toen, nadat ze negentien jaar getrouwd waren, kwam er een jonge knul de winkel binnen. Abe keek naar de haveloos uitziende jongen, verwachtte dat hij iets zou stelen en stond klaar om de politie te bellen.

El merkte op: "Kijk, hij kan ook stoffen aanraken."

Ze stapten op de jongen af, die meteen in tranen uitbarstte.

"Wil je een kopje chocolademelk?" vroeg El.

Hij knikte en volgde haar naar de keuken, met Abe achter zich aan. Ze maakte een kop warme chocolademelk voor hem met twee boterhammen en ze gingen samen aan tafel zitten.

De jongen reikte naar een snee brood, keek toen en verborg zijn vieze handen.

"De badkamer is verderop in de gang," zei El. "Je kunt je daar opfrissen."

Terwijl hij weg was, zei Abe: "Ik hoop dat je niet meer hebt gebeten dan je kunt kauwen, liefje. Het is duidelijk dat hij op de vlucht is. Hij stinkt en - moeten we de politie niet bellen en hen laten uitzoeken wie hij is?"

"Hij is klein en ongevaarlijk. Kijk eerst of hij ons over zijn benarde situatie wil vertellen. Misschien kunnen we helpen."

"Zoals je wilt," zei Abe toen de jongen terugkwam met schone handen en een stralend schoon gezicht.

Hij at eerst de toast op, blies toen op de warme chocolademelk en dronk het op. "Dank je."

"Oh, graag gedaan," zei El. "Is er iemand die je zou willen dat we bellen, om je op te komen halen? Je moeder of vader?"

Hij barstte in tranen uit. "Ze zijn dood."

El ging naar hem toe en sloeg haar armen om hem heen, terwijl hij uitlegde over het auto-ongeluk, over pleegzorg, over alles wat hem was overkomen. Vooral hoe hij niet terug kon.

"Ik heb een vriend op het bureau," zei Abe. "Hij kan misschien helpen."

El hield de jongen in haar armen terwijl ze wachtten op Abe's vriend. "Hij is een aardige man," zei ze. "Hij weet wel wat hij moet doen." De jongen knuffelde tegen haar aan.

Brigadier Miller arriveerde wat later en toen had El de logeerkamer al aan de jongen aangeboden, totdat er iets meer permanents geregeld kon worden. Zo werden ze een gezin.

Nu waren ze allemaal op elkaar aangewezen en de winkel verkocht geen stoffen meer. Toch had ze twee stoffenbewerkers in haar leven en wie weet wanneer hun talenten weer nodig zijn. Ze wist dat alles cyclisch was.

El keek neer op haar slapende man. Ze kuste haar vinger en drukte hem op zijn voorhoofd, voorzichtig om hem niet wakker te maken. Hij glimlachte, net toen Katie in de hal een gil slaakte.

HOOFDSTUK 27

KATIE

"Katie," fluisterde een stem. "Katie."

"Mama, waar ben je?"

Het kleine meisje wreef in haar ogen, kon zich eerst niet herinneren waar ze was. Ze gooide de dekens naar achteren en stapte op de koude vloer. Daarna schoof ze naar de andere kant van de kamer en deed het licht aan. Nu liep ze naar het raam waar de gordijnen rondzwaaiden.

"Mama, ben jij dat?"

Het ventilatierooster in de vloer onder het raam, de warmte die ervan afstraalde, trok haar er als een magneet naartoe. Toen ze op het ventilatierooster stapte, balde haar nachtjapon zich om haar heen en vulde zich met de warmte van de hitte.

"Katie," fluisterde de stem opnieuw. "Waar ben je, Katie?"

"Ik kom eraan, mama," zei ze, terwijl ze uit het raam probeerde te kijken, maar het was te hoog voor haar om erbij te kunnen.

"Ik wacht op je," zei haar moeder. "Ik wacht, hier."

Verwoed om haar te zien, zocht het kind naar iets om op te staan. Ze haalde een vaas met zonnebloemen erin van een tafel en sleepte hem onder het raam. Schoof het bed ernaast. Stond eerst op het bed, toen op het krukje. Deed de gordijnen open. Het was pikdonker in de straat beneden, afgezien van het schijnsel van de straatlantaarns.

"Mama!" riep ze, terwijl ze het raam probeerde te openen. Toen ze niet bij het bovenste slot kon, balde ze haar vuisten en bonsde op het glas.

"Katie," fluisterde haar moeder. "Katie."

"Wacht, mama, wacht alsjeblieft op me."

Ze stapte van de tafel, op het bed, op de grond en ging naar de boekenplank. Met twee handen tilde ze een boekensteun in de vorm van de letter A op. Ze legde hem op het bed, terwijl ze erop klom. Daarna plaatste ze hem op de tafel, terwijl ze erop klom. Ze tilde de A op en gooide hem naar het glas.

Het glas versplinterde zowel naar binnen als naar buiten en ving haar en de omgeving met scherven.

"Mama!" riep ze.

Ze lag nog diep in slaap te trillen en keek uit het verbrijzelde raam.

HOOFDSTUK 28

EL EN KATIE

El en al snel Benjamin baanden zich een weg door de gang naar de kamer van de kleine Katie. Toen vonden ze haar, verlicht door de maan, in een bal op de vloer bij een omgevallen tafel. Haar blonde haar en nachtjapon bewogen samen alsof de bries uit het raam één was met de adem van het kleine meisje. Ze zagen dat er bloed om haar heen stroomde. Als een geest die opstaat in de nacht stond ze op en riep: "Mama!"

"Voorzichtig, maak haar niet wakker," fluisterde El.

Ze keken toe hoe de ranken van de gordijnen naar haar toe zweefden. De blik op haar gezicht, de lege blik in het niets beangstigde Benjamin. Voor een paar seconden vergat hij te ademen.

De schaduw van de maan dreef over haar heen. Het accentueerde haar verwondingen. Het was alsof ze op een eiland lag, omringd door glas.

Benjamin duwde door, "Stop, niet bewegen," fluisterde El, maar hij luisterde niet. Hij zwiepte over de vloer en trok Katie in zijn armen. Haar lichaam werd slap. Hij stond daar te wachten, niet in staat om te bewegen van angst die haar naam fluisterde.

El kwam terug met de verbanddoos.

Hij legde haar op het bed.

"Doe warm water in een kommetje voor me." Hij bewoog niet. "Benjamin, warm water. En een washandje en handdoeken."

Hij knikte en verliet de kamer, terwijl El de situatie beoordeelde. Ze had een opleiding tot verpleegster gevolgd, lang, lang geleden, voordat ze Abe ontmoette. Ze hoopte dat ze zich kon herinneren wat ze moest doen.

Het geluid van bloeddruppels die op de schone witte lakens spetterden haalde haar uit haar hoofd. Ze begon aan de wonden te werken en gebruikte een pincet om de kleine scherven te verwijderen. Katie bleef slapen.

"Ze moet geslaapwandeld hebben," fluisterde Benjamin.

"Houd haar stil, zodat ik kan controleren op glasscherven en ze kan verwijderen."

"Moeten we 112 bellen?"

"Ik denk het niet," zei El, "ik denk dat we het wel redden." Ze ging door, tot alle wonden gedesinfecteerd en ingepakt waren.

Katie jankte, maar werd niet wakker.

HOOFDSTUK 29

GEBROKEN GLAS

"We moeten haar nu op haar zij draaien," zei El.

Benjamin legde Katie op haar zij, terwijl El haar voeten onderzocht. Er waren maar een paar glassplinters door het oppervlak van Katie's voeten gebroken. De meeste zaten gewoon vast aan de huid vlakbij het oppervlak en waren er gemakkelijk uit te krijgen.

Haar ademhaling werd een paar keer sneller, maar ze deed haar ogen niet open. El legde een warme doek op Katie's voeten en wikkelde ze in nu het bloeden gestopt was. Daarna legde ze beide voeten op een kussen.

"Ik blijf hier de hele nacht," zei El. "Ik wil niet het risico lopen haar alleen te laten, of haar wakker te maken als ik uit bed kom."

Benjamin ging het gebroken raam van dichterbij bekijken. Eerst dacht hij dat iemand had geprobeerd in te breken, maar toen zag hij de boekensteun op de grond liggen. Hij raapte het op en zette het terug op de boekenplank. "Ik ben zo terug," zei hij.

Hij ging de kelder in. Hij vond een vel plastic dat geschikt was om af te plakken over het raam totdat ze het konden repareren. Nadat hij het had afgeplakt, veegde hij zoveel mogelijk van het glas weg.

Uitgeput zocht hij een plekje aan het einde van het bed en viel in slaap.

De wind suisde af en toe door de gaten in het afplakband, maar geen van de drie slapers werd erdoor gewekt.

HOOFDSTUK 30

WAKEY-WAKEY

Het geluid van een zingende blauwe gaai buiten het slaapkamerraam deed Abe zijn ogen openen. Hij gaapte en rekte zich uit. Toen hij merkte dat zijn vrouw er niet was, riep hij haar naam. Toen ze niet antwoordde, zag hij dat haar slippers ontbraken. "El!" riep hij terwijl hij zich een weg door de hal baande.

Aangekomen bij Katie's kamer pauzeerde hij en keek naar binnen. El was er, en Benjamin ook.

"El?" fluisterde hij; ze werd niet wakker.

Toen hoorde hij een fluitend geluid, gevolgd door flapflappen. Hij liep op zijn tenen naar het raam om het te onderzoeken.

De gordijnen hingen scheef en het glas was tijdelijk gerepareerd met plastic en plakband. Hij kon er niets zinnigs uit opmaken, verliet de kamer, sloot de deur achter zich en ging naar de keuken.

De zon kwam op aan de diepblauwe hemel, terwijl hij de waterkoker vulde en toekeek hoe een nieuwe dag aanbrak. Op zijn takenlijst stond nu het bellen van de verzekering om de schade op te nemen, maar eerst moest hij uitzoeken wat er was gebeurd.

Zijn maag rommelde, dus stopte hij er twee sneetjes toast in en drukte de hendel naar beneden. Op weg naar de koelkast pakte hij een mok en een lepel. Terwijl de waterkoker klaar was, haalde hij de melk en boter uit de koelkast en stopte een theezakje in zijn mok. Hij goot het stomend hete water erin, net toen het brood klaar was met roosteren.

"Goedemorgen," mompelde Benjamin.

"Goedemorgen, zoon," zei Abe.

Er klonk iets onverstaanbaars uit Benjamin.

"Ga meteen zitten, de ketel is heet en ik schenk een kopje thee voor je in."

Benjamin gehoorzaamde zonder te spreken.

"Wil je een sneetje toast?"

De tiener knikte.

Abe haalde zijn geroosterde sneetjes eruit en plofte een sneetje naar beneden, toen nog een. Hij deed een theezakje in een tweede mok en goot er water in, roerend zodat het supersnel trok.

De oudere man wist dat tijd hier van essentieel belang was, anders zou Benjamin weer in slaap vallen - dan zou hij de rest van de dag nutteloos zijn. Toen het klaar was, haalde Abe het theezakje uit de mok, voegde twee klontjes suiker toe en daarna een scheutje melk.

Abe pakte de handen van de jongen die op tafel lagen en legde ze één voor één op de mok hete thee.

Hij keek toe hoe Benjamin het dampende brouwsel rook en tot leven kwam, voordat hij een slok nam.

Toen hij zag dat de jongen nu goed wakker was, ging Abe de toast afmaken.

Abe keek toe hoe Benjamin veranderde en van minuut tot minuut meer terugkeerde naar het land van de levenden. Ondertussen dronk hij zijn thee en at de rest van zijn toast op.

Momenten gingen voorbij waarin de zon door het raam naar binnen kwam en danste op het profiel van de jongeman. Toen het leek alsof hij een gesprek kon voeren, of misschien was het hoopvol denken, vroeg Abe: "Ga je me nog vertellen wat er gisteravond in Katie's kamer is gebeurd!"

"Nee."

"Nou, ik nooit."

"Niet tenzij je me vertelt wat er gisteren bij Katie thuis is gebeurd."

"Oh, ik zie dat je nog wakkerder bent dan ik dacht," zei Abe lachend. "Maar dat kan ik niet."

"En waarom niet?" zei Benjamin terwijl hij in de toast beet. De knapperigheid en zoute boter smaakten zo goed.

"Omdat mijn oude vriend Sgt. Miller me geheimhouding heeft gezworen. Als ik het je kon vertellen, zou ik het doen. Vertel me nu wat er met dat raam is gebeurd. Ik moet de verzekering bellen en dat kan pas als jij me vertelt wat er is gebeurd."

Benjamin at verder van zijn toast.

"Dus, wil je het vragenspel spelen? Vraag nummer één, heeft iemand geprobeerd in te breken en het kind mee te nemen?"

Benjamin die nu zijn thee en toast op had, leunde achterover in de stoel en legde zijn handen achter zijn hoofd.

"Ik denk dat ze aan het slaapwandelen moet zijn geweest. Van wat ik kon zien, was het de boekensteun waarmee het raam werd ingeslagen. Ik kan er echter met geen mogelijkheid achter komen waarom. Het slaat allemaal nergens op."

"Het arme kind. Waarom heb je me niet wakker gemaakt?"

Benjamin leunde verder naar achteren, zodat de voorpoten van de keukenstoel van de grond kwamen. "Brigadier Miller zou nooit weten dat je me iets hebt verteld."

"Vertrouwen is vertrouwen. Je doet het of zweert het. Of je doet het niet. Het ligt eraan wat voor persoon je bent. Ik houd mijn woord en mijn vriend ook. Sgt. Miller en ik, vertrouwen elkaar en net als jij en ik, houden we ons aan ons woord." Abe vulde zijn kopje bij uit de theepot. "Om eerlijk te zijn weet ik heel weinig. Ik moest van hem zelfs in de auto blijven, buiten gevaar. Ik kan alleen vermoeden wat ik weet van het komen en gaan, maar ik wil geen verkeerde informatie doorgeven."

"Je moet iets gezien of gehoord hebben," zei Benjamin gevolgd door een slurpend geluid. Hij wist dat Abe niet van plan was om het vertrouwen van zijn vriend te breken en veranderde van onderwerp.

"Het gebeurde allemaal zo snel, met Katie. Ze gilde en we renden naar binnen. Ze had stukjes glas in haar voeten. El heeft ze eruit gehaald. Ik wist niet dat ze een verpleegstersopleiding had en dat kwam goed van pas. We beheersten de situatie en het had geen zin om je wakker te maken."

"Was ze erg gewond? Ik zag bloed op de vloer."

"El bevestigde dat haar verwondingen licht waren. Katie sliep door het hele gebeuren heen, terwijl El de glasscherven eruit trok met een pincet en zelfs toen ze ontsmettingsmiddel op de snijwonden deed."

"Is het je opgevallen," zei Abe, "dat het kind niet veel lacht? Ze giechelt af en toe, maar ze lacht niet, zoals een kind hoort te lachen."

"Iedereen is anders, misschien is ze gewoon verlegen."

"Er is ook verdriet. Ik bedoel achter haar ogen. Iets bekends en toch pakkend."

"Ik kan niet zeggen dat me zoiets is opgevallen, weet je zeker dat je het je niet verbeeldt?"

"Ik heb die blik een keer gezien, toen je voor het eerst bij ons kwam," bood Abe aan.

"Ik?"

"Misschien geen angst, misschien verdriet of droefheid, maar het was constant, pijn, wroeging, verwaarlozing. Alles in één. Het is er nog steeds in je ogen, maar je ziel buigt ook een stroom licht uit die het overwint, wat het ook is. Je hebt jezelf gevonden, overwonnen, je eigen waarheid gevonden. Maar kleine Katie moet geheeld worden, verzorgd worden zoals ik voor jou heb gezorgd."

Benjamin deed nog een theezakje in zijn mok, roerde er een paar keer in, haalde het er toen uit, deed er suiker en melk bij en nam toen een slok. "Zij en El hebben een band."

"Daar heb je gelijk in en ik kan me maar beter klaarmaken om de winkel te openen. Laat het me weten als het ontbijt klaar is," zei Abe terwijl hij zijn borden in de gootsteen zette en zich klaar ging maken voor zijn werk.

In de familiekamer zette Benjamin de televisie aan. Meteen herkende hij het huis van Katie. Overal hingen camera's en media. Het terrein was afgezet met geel politietape. Er was daar iets ergs gebeurd, dat wist hij al. Nu zou hij erachter komen wat. Hij zette het volume harder. Kwam dichterbij.

De verslaggeefster met een marineblauw pak en een donkeromrande bril stond bij een witte bestelbus waarop de initialen van het lokale televisienetwerk stonden.

"Dit is Carly Wright, ik doe verslag vanuit Ontario Street waar onlangs een lichaam is ontdekt. De man is geïdentificeerd als Mark David Wheeler. Zijn naaste familie is op de hoogte gesteld. De politie is op zoek naar getuigen die hem het huis achter ons in hebben zien gaan. De bewoners van dit huis zijn Jennifer en Katie Walker. (Ze houdt twee foto's omhoog.) Beiden worden vermist en zijn vrijdagochtend voor het laatst gezien bij de waterkant."

Wacht even, Katie's moeder had blond haar op de foto. Toen hij haar zag, was haar haar zwart - droeg ze een pruik op die dag aan de waterkant? En zo ja, waarom?

De verslaggever vervolgde. "Mark Wheeler komt uit een bekende familie in deze regio. Een familie die door de jaren heen veel goede doelen heeft geholpen. Details over begrafenis en bezoek volgen nog. Als iemand informatie heeft over mevrouw Walker of haar dochter, neem dan contact op met de plaatselijke politie of bel mij."

Hij sloeg zijn armen om zich heen en dacht aan een lijk in Katie's huis. Zijn hele lichaam begon te trillen. Om zijn gedachten van het nieuws af te halen, ging hij terug naar de keuken en sloot de waterkoker aan. Terwijl die kookte, keek hij uit het raam.

De zonnestralen kusten het plaveisel, terwijl eekhoorntjes bladeren optilden en vogels in en uit de voederbak vlogen. Ze hadden er geen idee van dat er een moord was gepleegd of dat een klein meisje gillend wakker was geworden met glasscherven in haar huid. Hun leven ging door, op dezelfde manier, ongeacht wat er gebeurde met de mensen in de huizen die hen te eten gaven.

Toen de waterkoker floot, zette hij de brander uit, maar zette geen nieuwe kop thee. In plaats daarvan bleef hij kijken naar de normaalheid buiten het keukenraam, nergens anders aan denkend tot hij niet langer de drang voelde om te rillen of te beven.

HOOFDSTUK 31

KATIE EN EL

"Mama! Mama!" gilde Katie met haar ogen nog dicht.

Terwijl de ochtendzon door het wapperende plastic naar binnen stroomde, hield El Katie in haar armen. "Het komt goed, kleintje."

Katie opende haar ogen - ze was niet thuis en ze lag niet in haar eigen bed. "Mama!" riep ze. "Waar is mijn mama?"

El liet haar los toen ze zich losrukte.

Benjamin, die Katie's geschreeuw had gehoord, nam het over. "Katie, je bent in orde en iedereen is op zoek naar je mama. Herinner je je El nog? En, ken je mij nog, Benjamin?"

Katie stak haar hand uit en pakte Benjamins hand en daarna die van El. Ze wiegde ze tegen haar wangen terwijl de tranen naar beneden stroomden, toen merkte ze het verband op haar handen. Ze schopte de dekens van zich af en zag de beschermende wikkels om haar voeten. "Wat is er gebeurd?"

"We hoopten dat jij ons dat kon vertellen," antwoordde Benjamin.

Katie schopte met haar voeten, terwijl ze worstelde om het verband te verwijderen. Toen ze los raakten, probeerde ze die op haar handen te verwijderen. El pakte haar handen en legde de dekens weer over haar voeten en bromde om haar te kalmeren. Binnen een paar minuten lag Katie tegen haar schouder en rustte rustig uit.

Even later zei Katie: "Ik herinner me dat ik mijn mama hoorde roepen."

"In een droom?" Vroeg Benjamin.

El stopte Katie's haar achter haar oor.

"Heb ik dat gedaan," vroeg het kleine meisje. "Heb ik het raam gebroken?"

"Stil nu kind," zei El. "Benjamin heeft het gerepareerd en het is zo weer in orde. Het maakt niet uit hoe het gebroken is. Het enige dat voor ons telt is jouw veiligheid. Ramen kunnen altijd gerepareerd worden."

"Maar ik niet?" vroeg Katie.

El omhelsde haar. "Je bent perfect zoals je bent."

Benjamin vroeg: "Kun je je iets herinneren? Helemaal niets van de droom?"

"Mama riep me, dat is alles wat ik me herinner."

Het drietal zat stil. El dacht na over wat er gebeurd zou kunnen zijn. Benjamin dacht na over hoe blij hij was dat ze niet was meegenomen of ernstig gewond was geraakt. Katie vroeg zich af waar haar moeder was en wat ze zouden gaan ontbijten.

"Ik heb honger," zei ze, terwijl ze op haar knorrende maag klopte.

"Benjamins varkentje staat tot uw dienst," zei hij.

Katie sloeg haar armen om zijn nek, hield zich stevig vast en ze liepen naar de keuken.

"Wil je mijn kleine pannenkoekenhelper zijn?" vroeg El. Katie knikte en glimlachte; Benjamin vond een plekje voor haar op het aanrecht. "Het is een geheim familierecept," zei El terwijl ze twee eieren in het meel brak en begon te roeren. Toen het klaar was, gebruikte ze een pollepel om het beslag op de hete grill te gieten. "Oké, tijd om ze om te draaien. Zie je hoe ze bubbelen?" Ze hielp het kleine meisje om de pannenkoeken om te draaien.

"Het is makkelijker dan ik dacht dat het zou zijn," zei Katie. "Vooral met deze grote ovenwanten aan."

"Heb je je moeder ooit geholpen met koken?"

"Soms, maar ze liet me nooit op het aanrecht zitten of pannenkoeken omdraaien."

"Koken kan leuk zijn."

"Niet het snijden van de uien - die maken me aan het huilen en ik hou er ook niet van hoe ze smaken."

El lachte. "Ik zal je eens een geheimpje laten zien, hoe je ze onder water kunt snijden, zodat je niet huilt." Toen tegen Benjamin: "Bijna klaar, kun je het Abe laten weten?"

Katie lachte. "Uien snijden in bad? Dat is grappig El. Mijn voeten zouden helemaal gaan stinken."

"Nee, gekkie. Ik bedoel in de gootsteen. Maar je hebt wel gelijk, als je ze in bad zou snijden, zou je zeker stinkende voeten krijgen en stinkend naar al het andere."

Katie en El giechelden, terwijl ze samen de tafel dekten. Al snel voegden Benjamin en Abe zich bij hen. Iedereen at zijn buikje rond toen Abe zei dat hij terug moest naar de winkel.

"Ik ruim wel op," zei Benjamin. "Maar het zou de helft van de tijd duren als je me een handje hielp."

"Ik denk dat de klanten wel kunnen wachten," zei Abe.

"Laten we je aankleden," zei El tegen Katie en ze verlieten de keuken.

Toen ze buiten gehoorsafstand waren zei Benjamin: "We moeten praten, Abe."

$$***$$

"Wat is er?" vroeg Abe.

"Een man genaamd Mark Wheeler is dood aangetroffen bij het huis van Katie. Het was op het nieuws."

"Ah..."

"Is dat alles wat je te zeggen hebt?"

"Ik moet nadenken," zei Abe. "Kan net zo goed werken terwijl wij opruimen."

Toen alles weer op zijn plaats stond, ging Benjamin naar de woonkamer en klikte de televisie aan.

"Doe de deur maar dicht," zei Abe, wat Benjamin deed.

"Ik dacht dat je terug moest naar de winkel."

"Dat moet ik ook, maar in het voorbijgaan zag ik dat het nieuws erop stond. Hij bewoog zich door de kamer en zette het volume harder.

"Dat had ik hiermee kunnen doen," zei Benjamin terwijl hij de converter omhoog hield.

"Al gedaan," zei Abe, terwijl hij ging zitten.

Een andere verslaggever die op Clark Kent leek, stond op het gazon van het landgoed van de Walker.

Hij zei: "De familie van Mark Wheeler is welbekend in deze gemeenschap. Door de jaren heen heeft hun vrijgevigheid veel levens geraakt en verbeterd door donaties aan goede doelen en stichtingen. Beschuldigingen van een connectie met drugs worden echter onderzocht."

"Oh nee," zei Benjamin.

"Shhhh."

De verslaggever ging verder. "We zijn op zoek naar de bewoners van dit huis achter mij. Jennifer Walker en haar dochter Katie Walker." Hij hield een foto omhoog. "Als iemand Katie en Jennifer heeft gezien of informatie heeft over hun verblijfplaats, bel ons dan of neem contact op met de plaatselijke politie."

"Wat als iemand ons zag, winkelen met Katie?"

"Shhh."

"Iedereen die informatie heeft over Mark Wheeler, kan de vertrouwelijke hotline bellen. Het nummer staat onderaan het scherm." Hij hield de foto van Jennifer en Katie weer omhoog. "Het is noodzakelijk dat we deze twee vinden, voordat hen iets overkomt. Alsjeblieft, als je daarbuiten bent en je hebt iets gezien of weet waar ze zijn - bel dan de politie. Alle informatie kan helpen. Zelfs informatie die voor jou onbeduidend lijkt, kan ons aanwijzingen geven zodat we hen kunnen helpen. Doug Falcon doet verslag van SJB TV."

Abe en Benjamin waren een paar minuten stil. Toen herinnerde Benjamin zich dat Katie's moeder donker haar had op de dag dat hij haar zag, en op de foto die de verslaggever omhoog hield, had ze blond haar. Benjamin vertelde hem over deze herinnering.

"Ja, die nieuwsgierige buurvrouw met wie ik sprak, Judy Smith, had het over de pruik."

"Bedoel je dat je Sgt. Miller er al over verteld hebt?"

"Dat heb ik niet gedaan, maar dat had ik waarschijnlijk wel moeten doen."

"Je moet sergeant Miller zeker inlichten over de pruik. Maar wat als iemand weet dat Katie hier bij ons is? Wat als daarom gisteravond het raam is ingegooid? Katie zei dat ze haar moeder hoorde roepen. Was ze buiten op straat, onder Katie's kamer aan het roepen?"

Benjamin sprong op.

"Stop," zei Abe. "Ten eerste zei je dat de boekensteun was gebruikt om het raam van binnenuit in te slaan. Katie had waarschijnlijk een nachtmerrie. Bovendien weet Sgt. Miller dat we Katie hier bij ons hebben en hij zou die informatie aan niemand bekend maken."

"Toch hebben we haar overal mee naartoe genomen. Naar de winkel, naar een café. Het is vast iemand opgevallen. Ze is een opvallend kind."

"Ga hier maar zitten en maak je geen zorgen. Ik zal brigadier Miller bellen, of nog beter, ik ga erheen en praat even met hem."

Hij liep richting de deur. "Blijf ondertussen binnen en zeg tegen El dat ze de winkel vandaag gesloten moet houden."

"Welke reden moet ik haar geven? Moet ik alles uitleggen wat we over Wheeler te weten zijn gekomen?"

"Absoluut niet. Zorg ervoor dat als de televisie aanstaat als Katie aanwezig is, deze nooit op het nieuws is afgestemd."

"Zal ik doen."

HOOFDSTUK 32

BENEDEN OP HET STATION

Abe liep naar het politiebureau waar een persconferentie aan de gang was. Brigadier Miller stond aan het roer. Miller stond achter een lessenaar terwijl de microfoon op zijn hoogte stond. Een groepje verslaggevers drong binnen met camera's. Een verslaggever riep een vraag. Abe baande zich een weg door het mediacircus om de trap op te komen en het gebouw binnen te gaan. Hij had een hekel aan mensenmassa's en in het midden van deze complete chaos zijn was niet de plek waar hij wilde zijn. Miller erkende Abe's aanwezigheid met een knikje toen hij voorbij zwierde en het gebouw binnenging.

Een verslaggever riep: "Hoe zit het met het vermiste kind? Al aanwijzingen over haar?"

Een tweede verslaggever riep: "Wat weet je over het meisje en haar moeder? Hoe waren zij betrokken bij Wheeler?"

Miller stak zijn hand op om de weerbarstige menigte tot bedaren te brengen. Toen ze tot rust waren gekomen, antwoordde hij: "Eén vraag tegelijk alstublieft. Ten eerste, het kind is als vermist opgegeven - ze is niet vermist. Sterker nog, we weten waar ze is, waar Katie Walker is - ze is veilig ondergebracht bij een pleeggezin."

Een vrouw in de menigte slaakte een hoorbare zucht. Voor een paar seconden viel een blonde vrouw op tussen de anderen. Hij keek even weg en toen was ze verdwenen.

"Is Katie Walker onderzocht door een arts?" vroeg een andere verslaggever.

"Alles op zijn tijd," antwoordde Miller. "We hebben jullie hulp nodig om de moeder van het kind te vinden. We hebben nul aanwijzingen."

Hij herinnerde zich dat Katie's moeder blond was en niet donker zoals oorspronkelijk was gemeld - en scande de menigte op zoek naar de vrouw waar hij eerder een glimp van had opgevangen. Geen geluk. Hij kon haar nergens zien.

"Ik zal een laatste vraag beantwoorden en verspil die niet door me te vragen waar het kind is, het enige wat ik kan zeggen is dat ze veilig en gezond is." Hij koos de volgende verslaggever uit om een vraag te stellen, "Ga je gang, Maggie." Hij kende Maggie al jaren van de lokale krant. Ze was niet zoals de anderen. Ze was een echte journaliste.

"Goedemorgen, brigadier Miller," zei Maggie.

Miller knikte.

Maggie vroeg: "Aangezien het kind, Katie, onder de hoede is, waarom duurde het dan zo lang voordat je naar haar huis ging om het te onderzoeken?" Hoewel Maggie niet bewoog, deden de omringende journalisten dat wel. Ze verdrongen en duwden, schreeuwden om dichterbij te komen.

"Nou Maggie," zei Miller. "Het kind, ik bedoel Katie Walker, is vrijdag achtergelaten bij de Waterkant. Haar huisadres werd pas gisteren onder onze aandacht gebracht."

"Onwaar," riep een andere verslaggever.

"Zo is het genoeg," zei Miller terwijl hij zijn vuist op het podium sloeg en zich van de microfoon terugtrok.

Dezelfde verslaggever riep: "We hebben met de buurvrouw gesproken, een mevrouw Judy Smith. Ze bevestigde dat er de dag ervoor een oudere man in het huis was geweest. Dezelfde man die ze gisteren in uw politieauto zag zitten."

Miller liep door, negeerde het rumoer en was blij dat de verslaggevers niet slim genoeg waren om twee en twee bij elkaar te tellen, want de man waar ze het over hadden was hen net ontglipt en het gebouw binnengegaan.

Voordat hij het station binnenging, draaide hij zich om naar de verslaggevers. "Jullie hebben je vragen gehad. Laat ons nu ons werk doen en jullie het jouwe. Help ons de moeder van het kind te vinden. Bedankt voor uw tijd." Hij duwde de draaideuren door en ging naar zijn kantoor.

Abe, die zich thuis had gemaakt door te zitten, stond nu op om Miller de hand te schudden. Abe zei: "We zagen Katie's foto op televisie en hoorden over het lichaam van de dode man. Wat een gruwelijke vondst. Geen wonder dat je zo stil was toen je me naar huis reed."

"Allemaal in het kader van de plicht," zei Miller. "Koffie?" Abe weigerde met een zwaai van zijn hand. Miller vervolgde: "De verslaggevers zijn hongerig naar een verhaal, welk verhaal dan ook. Je hebt de laatste vraag niet gehoord. Die vrouw - je nieuwsgierige buurvrouw - zei dat je het huis bezocht en in mijn cruiser zat. Als je weggaat, moeten we ervoor zorgen dat je thuiskomt zonder dat iemand je volgt."

"Oh nee," zei Abe. Hij keek over het bureau naar zijn vriend. Hij zag eruit alsof hij de afgelopen dagen ouder was geworden. "Heb je überhaupt wel geslapen? Je ziet er niet uit."

"Slapen? Wat is dat? Ik heb geprobeerd de stukjes in elkaar te passen, het is een moeilijke zaak. We dachten dat we een spoor hadden naar de moeder, maar dat bleek niet zo te zijn. Het is alsof ze spoorloos verdwenen is." Zijn telefoon ging. "Oké, bedankt dat je het me laat weten."

"Geen nieuwe aanwijzingen?"

Miller leunde dichterbij. "Dat was de lijkschouwer. Een nieuw lichaam. Nog geen identificatie."

"Wat is je gevoel? Is ze Katie's moeder?"

"Dat kan ik niet zeggen, want ik weet het niet."

"En de dode man, wie was hij? Ik bedoel, ik ken de naam. Hij heeft met drugs te maken. Ik kan niet geloven dat een moeder haar kind zo in gevaar zou brengen."

"Naar verluidt. Wie weet waarom mensen doen wat ze doen? Toen we in het huis waren stond er een foto op de schouw van Katie en Mark. Lijkt me vreemd dat een moeder dat zou toestaan, als ze van plan was haar vriendje te vermoorden." Hij pauzeerde, bang dat hij te veel zei, veranderde toen van onderwerp: "Maar ja, zijn vingerafdrukken lichtten het systeem op. Het is het motief dat we proberen te vinden."

"Een motief, zoals een maffia aanslag?"

"Uh, laat je fantasie niet op hol slaan," zei Miller. "Wat betreft een motief, dat weet ik niet." Brigadier Miller nam de hoorn van de telefoon op. Toen de receptioniste opnam zei hij: "Ja, ik moet een burger uit het gebouw laten begeleiden." Hij luisterde en antwoordde toen: "Ja, de achterdeur. Zorg ervoor dat hij niet gevolgd wordt."

Abe stond op, "Mijn beste vriend, jij gaat met mij mee. Ik wed dat je vrouw en kinderen je missen en dat je moet slapen."

Brigadier Miller was het in principe met Abe eens, maar hij had te veel te doen. Toch nam hij de tijd om ervoor te zorgen dat zijn vriend veilig uit het gebouw kwam en op weg naar huis was.

"De kust is veilig," zei de chauffeur. Miller sloot Abe's autodeur, keek toe tot de auto uit het zicht was en keerde toen terug naar zijn kantoor.

HOOFDSTUK 33

BLONDE FLASHBACK

Het was een mooie zondagmiddag en er liepen gezinnen rond. Velen waren aan het picknicken, anderen waren aan het sporten of aan het luieren aan de waterkant. De lucht rook zoet, net als wanneer de lente overgaat in de zomer. De vogels tsjilpten en fladderden rond en waren aan bijna elke boom te zien.

Op de achterbank van een taxi observeerde een vrouw de activiteiten in de stad. Ze wenste dat ze genoeg geld had om hier ook te kunnen wonen. Nu ze voor een rood stoplicht stond, observeerde ze een gezin dat een frisbee heen en weer gooide. Toen het licht veranderde en de auto verder reed, bleef ze kijken tot ze hen niet meer kon zien.

In gedachten nam ze door wat ze tegen haar zus zou zeggen. Ze had al eerder om geld gevraagd en haar zus had het gegeven - maar met tegenzin. Vooral omdat ze wist waar het geld naartoe zou gaan, namelijk om haar drugsschulden af te betalen. Haar oudere zus zou uiteindelijk wel toegeven. Toch haatte ze het om het te moeten vragen. Vooral persoonlijk. Ze hoopte een glimp op te vangen van de kleine Katie als ze daar was, misschien zelfs een kennismaking. Nu ze zeven was, zou ze zich haar misschien zelfs herinneren.

Een of twee keer wierp de chauffeur een blik op haar in de achteruitkijkspiegel. Ze stelde haar spiegelende zonnebril bij en veegde discreet een traan weg.

"Waar kijk je naar?" vroeg ze.

"Niets," antwoordde hij, terwijl hij afsloeg naar Ontario St. "Welk nummer zocht je ook alweer?"

Het was het huis omringd door politietape, met overal cruisers.

"Doorrijden!" beval ze. "Doorrijden!"

"Ok, maar waarheen nu, dame?" zei hij terwijl hij een U-bocht maakte.

"Gewoon doorrijden, laat me nadenken!" riep de vrouw uit. Ze haalde haar telefoon uit haar bruine tas en drukte op de sneltoets. Hij rinkelde en rinkelde. Ze verbrak de verbinding en graafde haar nagels in de armleuning. Ze haalde diep adem en drukte op een ander nummer van de sneltoets. Net als het eerste nummer werd het niet beantwoord.

"Mevrouw, ik moet weten waar ik heen ga."

Ze krijste: "Rijden maar, tot ik zeg dat je moet stoppen."

"Oké dame, jij bent de baas." Hij reed doelloos verder, stopte en startte als de lichten van groen in rood veranderden. "We nemen de toeristische route."

Terug langs de oevers van Lake Ontario gingen ze. Toen ze de geldmeter zag en de kosten zag stijgen, keek ze in haar portemonnee of ze geld had. Haar creditcards waren al op. "Waar is het politiebureau?" vroeg ze.

"Een paar straten verderop."

"Breng me erheen," zei ze. Onderweg zou ze bedenken wat ze moest zeggen, wat ze over zichzelf moest vertellen. Ze zag een menigte die de voorkant van het bureau blokkeerde, terwijl ze zich afvroeg of dit iets te maken had met het huis van haar zus.

"Laat me er gewoon uit, daar," eiste ze terwijl ze de chauffeur een handvol munten en een paar verfrommelde biljetten gaf.

Ze sloeg de voorkant van haar jurk, die nu statisch aan haar vastzat, plat. Achter haar hoorde ze de naam van haar zus, en die van Katie. Ze schoof naar voren, afwachtend wat de man op het podium zou zeggen.

Toen hij onthulde dat haar dochter in orde was en bij een pleeggezin zat, viel ze bijna flauw. Ze haalde een paar keer diep adem en verliet de ruimte, in gedachten blij dat het goed ging met haar dochter. Wat betreft de vraag of haar zus vermist was, wel, dat zou allemaal op tijd opgelost worden.

Ze liep verder in de tegenovergestelde richting van waar ze was gekomen. Met haar hakken van vijf centimeter was ze niet uitgerust voor een lange wandeling. De bries streelde haar blote armen en ze was blij dat er vanavond tenminste geen kans op regen was.

De geur van stomend hete rundvleesburgers, zoete uien en vette friet in de buurt deed haar maag knorren. Het perfecte katervoedsel. Vrijwel berooid moest ze nu volstaan met het inademen van calorieën. Om zichzelf af te leiden probeerde ze de nummers op te roepen van degenen van wie ze dacht dat ze haar zouden kunnen helpen, maar het resultaat was hetzelfde.

Twee deuren verder vond ze een tweedehands kringloopwinkel. In de etalage stond een blond meisje, zo te zien gekleed voor een feestje. Ze keek naar het gezicht van de paspop en stelde zich voor hoe haar kleine meisje er nu uit zou zien. Het was jaren geleden dat ze een foto van haar had gezien.

Ze had het geblokkeerd - zoals ze altijd deed als dingen haar teveel werden. "Compartimenteren." Dat was wat haar psychiater haar altijd vertelde te doen. Maar het huis... ze had het gezien, afgezet met geel lint - politietape - zoals in CSI of Murder She Wrote. Het was het huis van haar zus. Haar zus die de moeder was van haar kind. Een kind waar niemand vanaf wist.

Een paar deuren verderop verzamelde zich een menigte. Ze sloot zich bij hen aan en zag een nieuwsprogramma met ondertiteling. Een foto van haar zus en dochter onder het kopje "Vermiste Personen". Toen een foto van Mark Wheeler onder het kopje "Vermoord, drugsverbinding".

De twee incidenten waren met elkaar verbonden. Nu begaven haar knieën het echt en gleed ze uit op de stoep.

"Ik ben in orde," zei ze, terwijl vreemden haar weer overeind hielpen. Ze bedankte hen en met trillende enkels waggelde ze weg.

Ze had van die Mark Wheeler gehoord via de drugswereld. Nu was hij dood. Hoe was haar zus met hem verbonden? Was zij zelf de connectie? Ze was hen geld schuldig. Ze zei dat ze het zou terugbetalen. Het was niet eens zoveel. Haar zus had haar drugsschuld één, twee keer terugbetaald - ze was de tel kwijt hoe vaak. Ze zouden toch zeker niet voor haar zus gegaan zijn. Gelukkig wisten ze niet dat Katie van haar was. Als ze het niet hadden geweten, hoe was Wheeler dan dood terechtgekomen? Bracht die connectie boeven naar het huis van haar zus?

Ze probeerde er niet aan te denken en strompelde naar god weet waar. Uitgeput, deels ijlend, herinnerde ze zich de dag dat Katelyn was geboren. Ze was jong, zeventien, te jong om moeder te zijn, en toch, toen ze haar dochter voor het eerst zag, voelde ze alle moederlijke gevoelens die een moeder zou moeten voelen.

Zeventien zijn was oud genoeg om de baby te baren en de moederinstincten op te wekken, maar niet genoeg om haar te overtuigen de pasgeborene te houden. Om haar op te voeden. Maar, oh, dat kleine gezichtje. De geur van haar. De geur van roze. Ze hield haar telefoon in haar armen terwijl ze verder liep.

Met betraande ogen zei ze tegen zichzelf dat ze zich moest herpakken. Ze had destijds het beste gedaan voor Katelyn, door haar aan haar oudere zus te geven om op te voeden.

Verloren, nergens om naartoe te gaan, niemand om mee te praten, verweet ze zichzelf dat ze naar de stad was gekomen. Omdat ze een drugsverslaafde was. Om naar het huis van haar zus te gaan. Voor alles - het hele verdomde gedoe.

Een man die net zo stonk als hij eruitzag, botste tegen haar op.

"Pas op!" riep ze uit waardoor de arme man in tranen uitbarstte. Ze greep in de bodem van haar handtas, vond een paar verdwaalde munten en een keelpastille en stopte die in zijn hand.

"Ik dank u," deinsde de man heen en weer. Hij blies op de zuigtablet en stak hem in zijn mond en vroeg toen: "Ben je verdwaald?"

"Ik ben nieuw in de stad," zei ze. "Zijn er hier in de buurt bezienswaardigheden?"

Hij legde zijn hand tegen zijn kin terwijl hij haar bekeek. "Er is een beroemd Viaduct daarboven, loop door en je kunt het niet missen. Het is een geweldig uitzicht."

"Dank je," zei ze, terwijl ze wegliep.

Uitkijkend naar de bezienswaardigheid opende ze haar tas. Ze trok een sigaret uit het pakje en stak hem aan. Een lange trek hielp om haar gedachten te verzachten. Ze dacht na over wat ze moest doen, maar er kwamen geen antwoorden.

✳✳✳

Katie's biologische moeder was gestopt om haar voeten te laten rusten. Het park zelf was volop in beweging, met kinderen en honden die wild aan het rennen waren. Ze had zin in nog een sigaret, maar stak er geen op. In plaats daarvan luisterde ze naar het gelach. Want eigenlijk kon ze nergens heen.

Haar telefoon trilde; het was Anson. "Waar ben je?" vroeg hij.

"Ik ben in de buurt van mijn zus, maar ze is niet thuis."

"Nou, ik heb je bestelling klaar. Eerst moet je betalen wat je nog verschuldigd bent. Wanneer kom je terug om het op te halen? Ik kan het hier niet te lang bewaren. Als je niet kunt betalen, dan moet ik het aan iemand anders verkopen. Ik heb een wachtlijst weet je."

"Ik kan niet meteen terug, maar ik heb het nodig. Uh, is er een kans dat je me komt halen? Ik betaal je terug. Ik zou alles doen."

Splat! De bal van een kind, een jongetje, stuiterde en raakte de teen van haar schoen. Ze schopte hem terug naar hem.

"Bedankt, dame," zei hij.

"Ik kan je niet komen halen. Dit is geen taxidienst," klikte de lijn en ging dood aan de andere kant.

Anson was haar laatste hoop, om terug te komen. Ze zou zichzelf verliezen en alles waar ze aan dacht. Eén klap en het zou weg zijn - elke gedachte, elke emotie - al was het maar voor even.

"Kom naar beneden!" schreeuwde haar moeder. "Jij vieze kleine slet!"

Het was jaren geleden, maar het speelde in haar hoofd alsof het nu gebeurde. Ze kon zelfs de geur van haar moeder ruiken, een combinatie van talkpoeder en Jack Daniels.

Haar zus was meer een moeder voor haar geweest dan haar moeder. Hun vader was gevlogen, vlak nadat zij ter wereld was gekomen en haar moeder had haar altijd de schuld gegeven van zijn vertrek.

"Jij hebt hem weggejaagd!" schreeuwde ze dan.

En haar moeder bracht mannen mee naar huis. Mannen die haar hielpen de huur te betalen, eten op tafel te zetten. Mannen die monsters waren. Monsters waartegen haar moeder haar dochter had moeten beschermen.

Ze zuchtte. Jaren van therapie hadden haar in staat gesteld om haar moeder te vergeven. Om te accepteren dat ze het beste had gedaan wat ze had kunnen doen, onder de omstandigheden.

Daar was het: Het Viaduct.

Ze rilde, het was opvallend hoog - maar ja, de dakloze man had gezegd dat het uitzicht vanaf daar de klim waard moest zijn. Maar de schoenen aan haar voeten knelden en halverwege, moe van het dragen, gooide ze ze in het Ontariomeer. Ze lachte toen ze dacht aan een schildpad of vis die ze in de gaten hield toen ze op de bodem van het meer vielen.

Toen ze eenmaal boven was, benam het uitzicht haar de adem. Ze zag lelijkheid, gebouwen die vroeger een functie hadden. Nu waren ze zonder mensen en onverzorgd en groeide er onkruid tegen de muren op. Er was een naakte schoonheid, die ze had kunnen waarderen als ze niet zo hoog zat.

En in de andere richting lag Lake Ontario. Ze volgde het pad van het water. Rechts dook een van haar schoenen op en even later voegde de andere zich erbij. Ze dreven mee alsof een geest danste in plaats van over water liep.

Ze lachte, eerst zachtjes, toen hysterisch. Haar jurk golfde om haar heen alsof ze in een wolk zat.

Ze stapte op de richel. Ze was een slechte moeder, erger dan haar moeder was geweest. Haar moeder bleef tenminste en hield haar dochters dicht bij zich. Zij liet het oordelen over aan god, of Jezus of wie dan ook.

Katie's biologische moeder had het gevoel dat ze het niet waard was om gered te worden. Ze kon niet vergeven worden. Ze kon zichzelf niet eens vergeven.

Ze streek met haar nepnagels langs haar armen. Ze trok de sporen na van de naalden die ze zo lang had gebruikt. Ze voelde ze nu met haar vingers. Zelfs als ze zou afkicken, zouden ze haar kwetsbaarheden herkennen en beginnen te smeken om gevoed te worden.

Ze bewoog zich dichter naar de rand. Sloot haar ogen. Rook de bloemen. Luisterde naar de kreten van de meeuwen. Viel toen in het koele water van Lake Ontario als een marionet waarvan de touwtjes waren doorgesneden.

***

Toen ze haar niet ver van het Viaduct vonden, had ze nog geen vierentwintig uur in het water gelegen. Haar ogen waren wijd open, alsof ze nog steeds ergens over nadacht, net buiten haar bereik.

Katie's biologische moeder wachtte op identificatie in het mortuarium.

HOOFDSTUK 34

EL, ABE EN HET KLEINE MEISJE

"Kom terug naar bed," zei Abe, terwijl El haar spullen verzamelde om naar Katie's kamer te brengen. Ze kuste hem op zijn voorhoofd, "Wil je een kopje chocolademelk?"

"Je leest mijn gedachten."

"Jij blijft hier, onder de dekens en houdt je warm. Ik gooi er zelfs een paar koekjes bij."

"Bedankt, liefje." Hij luisterde hoe El ronddwaalde in de keuken, neuriënd terwijl ze ging. Hij begreep de behoefte van zijn vrouw om het kind te troosten, maar ook hij had troost nodig. Bovendien maakte hij zich zorgen dat ze te gehecht raakte. Over een dag of twee kon Katie's moeder terugkomen. Ze zouden haar nooit meer zien. En dan?

El kwam terug met het dienblad. Op weg naar buiten kuste ze hem op zijn voorhoofd.

Katie zat rechtop, wachtend op El. "Ik wil naar huis," zei ze terwijl ze in haar ogen wreef.

"Vind je het hier niet leuk?" Vroeg El, die het antwoord al wist.

"Natuurlijk."

Abe stak zijn hoofd naar binnen, "Wie huilt er?" El probeerde hem weg te jagen. "Wat kan ik doen om je te helpen, kleintje?"

"Ik wil naar huis om iets te halen."

"Nou nou," zei hij, terwijl hij op het uiteinde van het bed ging zitten. "Ten eerste hebben El en ik geen sleutel van je huis en Benjamin ook niet."

"Ik kan er wel in, door een raam. Je moet me dan optillen - ik heb het een keer gedaan toen mama haar sleutel was vergeten."

"Wat heb je nodig?" vroeg El.

"Ik denk niet dat je moet gaan," antwoordde Abe.

"Ik wil graag mijn knuffel pakken."

Maar jij hebt je mooie pop, kleintje," zei El.

"Oh, ze is leuk, maar ik heb mijn knuffelbeer al sinds eeuwig en hij zal helemaal alleen zijn."

"Laat me erover nadenken," zei Abe. "Nu stil en ga slapen, anders moet El terug naar haar eigen kamer."

Zonder een woord te zeggen kroop Katie onder de dekens en sloot haar ogen. Abe knipoogde naar El en sloot de deur op weg naar buiten.

HOOFDSTUK 35

ABE EN BENJAMIN

Abe nam het dienblad mee naar de keuken, ruimde op en ging toen naar de woonkamer. Benjamin lag te slapen op de bank met de televisie zoemend op de achtergrond. Hij zette hem uit en gooide toen een dekbed over de tiener heen.

Abe ging terug naar zijn kamer en viel in slaap. Het geluid van potten en pannen in de keuken en de geur van ontbijt maakten hem hongerig. Hij wierp een blik op de wekkerradio - het was al half tien! Hij trok zijn kamerjas aan en liep naar de keuken.

"Je had me wakker moeten maken!" riep hij uit.

Katie sprong op.

"Het spijt me," zei hij. "Ik wilde eerst goedemorgen zeggen."

El knikte, Katie glimlachte. Hij liep achteruit de keuken uit naar de woonkamer, waar Benjamin televisie zat te kijken.

"Heb je goed geslapen?" vroeg Abe.

Benjamin sprak niet, in plaats daarvan draaide hij het volume van de televisie hoger om te horen wat de verslaggever op het nieuws vertelde.

"Het lichaam van een vrouw is vanmorgen aangespoeld aan de oevers van het Ontariomeer."

De haren op Benjamins armen gingen overeind staan. "God, ik hoop niet dat dat Katie's moeder is."

Buiten hun voordeur viel de krant op de stoep. Abe raapte hem op en zag een foto van Katie en Jennifer Walker op de voorpagina onder het kopje "Vermiste moeder en dochter." Hij rolde de krant op en gooide hem in de prullenbak.

"Kom maar halen," riep El, en ze gingen met z'n allen aan het ontbijt zitten.

HOOFDSTUK 36

SGT. MILLER

Er was een vergadering op het bureau gepland met de RCMP. Ze waren erbij gehaald zodra Wheeler was geïdentificeerd. Hij moest hen op de hoogte brengen van Katie's verblijfplaats. Ze zouden de informatie geheim houden.

Ondertussen was er een nieuw lichaam aangespoeld aan de oevers van Lake Ontario. Blijkbaar met sporen op en langs haar armen.

Voordat de RCMP arriveerde, belde Miller Abe om te vragen hoe het met Katie ging.

"Ze heeft nachtmerries gehad. Ze heeft een ruit gebroken, zich een beetje bezeerd. El heeft het allemaal gered en het kind is niet ernstig gewond."

"Oh, het spijt me dat te horen," zei Miller. "Het is moeilijk voor een kind om in een vreemd bed te slapen, in een vreemd huis."

"Op dit moment wil ze alleen maar naar huis. Ze mist iets wat ze haar knuffelbeer noemt.

"Sorry Abe, daar is geen sprake van."

"Maar ze kan niet slapen."

Miller verhief zijn stem; hij deed zijn deur dicht. "Abe, je mag daar onder geen beding heen. Wat als een verslaggever je ziet en je naar huis volgt?"

"Ik hoor je wel."

"Houd je gedeisd, allemaal. Ik hou contact en vergeet niet dat we een onopgeloste moord hebben. En we weten niet waar Katie's moeder is." Hij aarzelde. "Katie is misschien onze enige aanwijzing. En ik weet dat het vergezocht lijkt, maar kinderen zijn opmerkzaam. Soms vallen ze op dingen, dingen die ons kunnen helpen haar moeder te vinden, haar moeder te redden, voordat het te laat is."

"Dus je denkt dat mevrouw Walker betrokken moet zijn geweest bij de drugsscene sinds zij en Wheeler verkering hadden?"

"In dit stadium weet ik het antwoord niet, maar er zijn geen tekenen van inbraak."

"Katie vertelde Benjamin dat Wheeler haar een dure pop had gegeven, dus hij is meer dan eens bij het huis geweest. Het andere ironische is dat hij de pop misschien van ons heeft gekocht."

"Echt waar? Heb je in je boeken gekeken of er een bestelling in staat? Het kan een aanwijzing zijn. Het kan iets zijn."

"Dat heb ik niet gedaan, en weet je wat, tot nu toe toen ik het je vertelde had ik er niet eens aan gedacht om mijn boeken te controleren. En niet te vergeten, aangezien de pop een replica is van het kind, moet een van ons hier, als hij bij ons besteld heeft, een foto van

Katie gezien hebben. Ik kan me niet herinneren dat ik die gezien heb, maar je weet wel, geheugen - en oud worden. Het is een van de eerste dingen die weggaat." Abe lachte.

Miller zei: "Ja, dat begrijp ik, maar controleer het alsjeblieft en laat me weten wat je vindt. Om het even wat. Wijze van betaling. Datum waarop het besteld is."

"We bieden die poppen alleen aan in de aanloop naar Kerstmis, dus het moet makkelijk genoeg te achterhalen zijn als hij het bij ons besteld heeft."

"Kijk of je nog andere informatie van Katie kunt achterhalen. Ideeën over waar haar moeder naartoe zou kunnen zijn gegaan. Vakantiebestemmingen. Familieleden. Vrienden. Wat dan ook."

"Zou het beter zijn als je er iemand op uit stuurt? Een expert in het ondervragen van kinderen?" vroeg Abe. "En ook, nu je er toch iemand op uitstuurt, waarom stuur je die dan niet om de stuffy op te halen?"

"Dat moet ik met mijn superieuren bespreken. Zou kunnen, als volgende stap. Voor nu kent ze jou en Benjamin en El. Hou haar in de gaten, zonder het haar te laten weten. Stel haar vragen als ze dat toestaat, zonder het vertrouwen dat ze in jou heeft aan te tasten. Op dit moment ben jij alles wat ze heeft. Ze kan getuige zijn geweest van iets dat jullie allemaal in gevaar kan brengen."

"Zoals ik al zei, ze heeft nachtmerries."

"Klopt. Trauma kan nachtmerries veroorzaken, slaapwandelen. In een onbekende omgeving verblijven is een aanpassing onder normale omstandigheden. Deze zijn verre van normaal." Miller aarzelde. "Nu ik erover nadenk, zal ik een van mijn agenten vragen langs te komen met een DNA-kit. De agent zal een eenvoudig uitstrijkje maken van Katie's speeksel. Als ze ergens over wil praten. Ik bedoel met iemand buiten jullie huis, dan zal mijn agent haar de gelegenheid geven."

"Wat een slim idee en bedankt dat je het me hebt laten weten," zei Abe. "Ik denk dat toen het kind alleen in het park werd achtergelaten, ze misschien in de steek is gelaten. Het zou echter geen blijvende schade moeten veroorzaken, toch?"

"Dat hangt af van haar aanleg, dat kan ik niet zeggen Abe. Het zou handig zijn als je even kijkt of je informatie in je bestanden hebt."

"Zal ik doen."

"Ik neem contact met je op."

"Bedankt."

HOOFDSTUK 37

VERLOREN EN GEVONDEN

Het was een zonnige middag, geen wolkje aan de lucht - de perfecte dag om te vissen.

James en Andrea Richards waren met hun boot op Lake Ontario toen ze iets op het water zag drijven. Ze haalde een verrekijker tevoorschijn en bekeek het van dichtbij. Het stuiterde en bewoog maar zag eruit als een handtas van een vrouw.

"Ik zweer het, er drijft daar een handtas," zei ze tegen haar man, terwijl ze hem de verrekijker overhandigde. "Misschien is er hier op het meer wel iemand vermoord." Ze rilde hoewel ze het warm had en sloeg haar armen om zich heen.

James wierp een blik. "Je hebt veel te veel Agatha Christie romans gelezen."

spotte ze.

"Maar laten we toch naar buiten gaan en het van dichtbij bekijken om je gemoedsrust te geven. Per slot van rekening bijten de vissen vandaag niet."

"Bedankt schat," zei ze.

James wees de boot in de richting van het drijvende voorwerp en minuten later gebruikte zijn vrouw het visnet door een handtas op te rapen. Toen ze het uit het net tilde, merkte ze dat het nog steeds gesloten was. Ze vroeg zich af of de inhoud droog was en maakte hem open.

"Wacht!" riep hij uit.

Te laat, want ze trok de portemonnee eruit. Alles wat erin zat was droog. Hoewel ze, nu ze erover nadacht, besefte dat ze tegen alles wat ze van televisie en boeken wist in was gegaan door de inhoud te verstoren.

Maakt niet uit, het was al gebeurd. Ze klapte de portemonnee open en vond een rijbewijs, wat creditcards, een foto van een baby, een tube tandpasta en tandenborstel (reisformaat), een telefoon met een lege batterij en wat nagellijm.

"Ik denk dat we beter de politie kunnen bellen," zei ze.

"Heb je contant geld?" vroeg James.

"Geen contant geld," zei ze terwijl ze 911 belde.

Nadat ze de politie hadden verteld wat ze hadden gevonden, kregen ze te horen dat een agent hen bij de kust zou ontmoeten. Het stel dobberde enkele ogenblikken in stilte rond, terwijl de meeuwen boven hun hoofden schreeuwden en de vissen die overal om hen heen sprongen inpikten.

"Tuurlijk, nu hebben ze honger!" zei James, terwijl hij de motor startte en naar binnen voer.

HOOFDSTUK 38

MORGUE

Later, na een telefoontje van Patterson, ging Miller naar het mortuarium.

"We hebben bevestigd dat Jane Doe niet ouder is dan vierentwintig en een langdurig drugsgebruiker. Met zulke sporen is ze al heel lang verslaafd. Ze is ook Primiparous."

"Hoe oud zou het kind zijn, als het had geleefd?"

"Zeven, misschien acht."

"De leeftijd past," zei Miller. "Iets ongewoons in je bevindingen?"

"Haar favoriete drug was cocaïne. Op het moment van haar dood had ze de afgelopen vierentwintig uur niet gebruikt. Ze was een zware gebruiker - grote metabolische opbouw van benzoylecgonine in de loop van de tijd, maar niets recents."

"Denk je dat ze probeerde af te kicken?"

"Hoogst onwaarschijnlijk, tenzij ze in een top afkickkliniek zat."

"Zo zonde. Ik kan maar beter naar kantoor gaan. Laat het me weten als je nog iets vindt," zei Miller, terwijl hij zich een weg naar de deur baande.

"Zal ik doen."

Miller's telefoon ging af.

"Waar ben je?" vroeg hij. "Klopt. Ik kan hem zelf wel ophalen. Geen probleem. Ik ben onderweg. Ik ga naar binnen zodra ik het heb. Bedankt."

Miller ontmoette de Richards' die de tas overhandigden.

"Wat gebeurt er als niemand hem opeist?" vroeg Andrea.

"We bewaren het als bewijs totdat iemand het opeist," zei Miller. "Bedankt voor het inleveren."

HOOFDSTUK 39

BENJAMIN EN ABE

Miller sms'te Abe en vertelde hem de naam van de agent die naar Katie zou komen om een monster van haar DNA af te nemen. Abe belde naar huis en lichtte Benjamin in over de details.

"Haar naam is agent Lane en ze kan elk moment arriveren."

"Nog geen teken van haar," zei Benjamin.

"Als ze aankomt, vraag dan aan El om haar een kopje thee te geven en wacht tot ik er ben." Op de achtergrond hoorde hij de deurbel gaan.

"Te laat, ze is er al en El heeft het druk met klanten."

"Zeg haar dat ze de winkel moet sluiten en meteen naar binnen moet komen."

"Oké."

"Over en uit," zei Abe.

Benjamin sms'te El dat ze de winkel moest sluiten en meteen naar het huis moest komen. Hij opende de deur.

"Mijn naam is agent Lane," zei ze.

El kwam vragend aan: "Wat is het noodgeval?"

Benjamin stak zijn hand uit.

"Ik ben hier om Katie te zien," zei Lane. "En om een DNA monster af te nemen."

El stak haar hand uit. Ze nodigde agent Lane uit in de woonkamer.

"Dit is agent Lane, Katie."

"Katie, je mag me Lacey noemen. Ik heb hier iemand die zegt dat hij je mist." Ze haalde een haveloze teddybeer tevoorschijn.

De ogen van het kind lichtten op toen ze haar knuffel aannam. "Edward," riep ze. Toen zei ze tegen agent Lacey: "Oh dank je." Tegen de beer zei ze: "Ik heb je zo gemist." Ze hield zijn gezicht tegen haar oor en zei: "Ja." Gevolgd door: "Echt waar?"

Agent Lane glimlachte. "Edward is een mooie naam. Ik ben blij dat jullie herenigd zijn. Nu wil ik graag met je praten, over dat je ons helpt om je mama te vinden."

"Is ze verdwaald?" vroeg Katie met een pruillipje.

"Dat weten we niet zeker," zei Lacey, "maar we kunnen je hulp zeker gebruiken."

"Wat moet ik doen?"

Agent Lane reikte in haar tas en haalde de DNA-kit tevoorschijn. Ze haalde er een keupunt uit en opende een bakje om het in te doen. "Ik wil dit graag in je mond stoppen en een uitstrijkje maken."

"Ik heb alleen gehoord van het gebruik van die in oren," lachte Katie.

"Precies wat mijn kleine meid zou zeggen," zei Lane met een glimlach.

"Hoe heet ze?"

"Ze heet Jemma, maar we noemen haar Jem."

"Wat een mooie naam, net een juweel," straalde Katie.

De agent glimlachte. "Het is zacht dus zal geen pijn doen. Ik zal het in je mond laten lopen, dan in deze container doen en dan sturen we het naar een lab."

"Als je bang bent Katie," zei Benjamin, "Officier Lane, dan kun je mij eerst een uitstrijkje geven, zodat je kunt zien hoe het is."

"Ik ben niet bang," zei Katie.

De agent nam het monster en schreef toen Katie's naam op het etiket. Ze bracht het aan op de container. "Wanneer ben je jarig? En hoe oud ben je?"

"Het is 1 september en ik ben zeven en een half."

Nadat de Officier de test had afgerond, vroeg ze aan de anderen of ze even alleen met Katie kon praten.

"Dat hoeft niet," zei Benjamin. "Als je dat niet wilt."

"Hij heeft gelijk Katie. Je hoeft niet," zei Lane. "Je wilt ons toch helpen, om je moeder te vinden? Ik bedoel, als je zou kunnen helpen, zou je dat toch willen?"

Katie keek El aan.

"Wat een ding om te vragen," zei El. "Natuurlijk wil ze helpen, maar ze is nog maar een kind."

Katie knikte naar agent Lane en leidde haar naar haar kamer, waar ze haar pop liet zien en erover begon te praten.

"Mark, meneer Wheeler kocht deze pop voor mij, met Kerstmis, als verrassing. Hij kwam altijd langs en bracht me verrassingen."

"Was hij aardig?"

"Ja," zei Katie.

"Wil je me nog iets anders vertellen?"

"Hij en mijn mama waren soms gelukkig." Ze keek weg. "Andere keren schreeuwden ze en ging hij weg."

"Huilde je mama? Toen hij wegging?"

"Ja, totdat we milkshakes gingen halen."

"Hou je van milkshakes?"

"Ja, aardbei is mijn favoriet."

"Wat zou er dan gebeuren?" vroeg Lane.

"Hij stuurde dan cadeautjes naar mijn mama en soms naar mij."

"Heel aardig van hem," zei Lane, terwijl hij met het haar van de pop speelde en daarna met dat van Katie.

"Ze voelen niet hetzelfde," zei Katie. "De mijne is zachter."

"Je hebt gelijk."

"Dat komt omdat El een speciale conditioner gebruikt voor mijn haar en ze borstelt het elke avond vijftig slagen voor ik ga slapen. Ze zei dat volwassenen honderd slagen krijgen en kinderen vijftig slagen." Katie giechelde.

Agent Lane keek naar het afgeplakte raam, "Wat is hier gebeurd?"

"El zei dat ik aan het slaapwandelen was. Ik weet het niet meer."

"Heb je ooit eerder geslaapwandeld?"

"Ik denk het niet," antwoordde Katie. "El heeft verband om me heen gedaan. Ze is een getrainde verpleegster. Mijn moeder wilde lerares worden, maar..."

"Wat hield haar tegen?"

"Ik, geboren worden," zei Katie. Ze legde haar pop terug op het bed en vroeg: "Is er nog iets? Om te helpen mijn mama te vinden?"

"Ik vroeg me af, of je tantes of ooms hebt, grootouders, vrienden, bij wie je moeder misschien is gaan logeren? En hoe zit het met je vader?"

"Mama heeft een zus, maar die heb ik nooit ontmoet. Mama is ouder. Mijn grootouders heb ik nooit ontmoet. Ik heb mijn vader nooit ontmoet."

"Waar woont de zus van je moeder? Zodat we haar kunnen bellen?"

"Ik weet het niet."

"Heb je ooit ergens anders gewoond?" vroeg Lacey.

"Nee." Katie keek naar haar voeten. "Sorry dat ik niet veel help."

Agent Lane klopte haar op het hoofd: "Ik weet het niet, soms weten we meer dan we denken. Blijf nadenken."

"Nogmaals bedankt voor mijn stuffy."

"Graag gedaan."

Agent Lane ging met het monster naar het lab en zette het op de lijst met hoge prioriteiten. Na een kort gesprek kon ze het naar boven duwen. Ze maakte haar weg terug naar het bureau.

✳✳✳

Miller kreeg een telefoontje van agent Lane.

"Zoals gevraagd heb ik het DNA monster van Katie Walker direct naar het lab gebracht. Ze hebben een vergelijking gedaan met de vrouw in het mortuarium - ze komen overeen."

"Ik kijk er niet naar uit om dit nieuws te delen. Het is de slechtste uitkomst."

"Als je me nodig hebt, ga ik met je mee voor steun."

"Bedankt voor het aanbod, maar dit is een moment waarop onze counselor van het personeel zeer nuttig zal zijn. We hebben haar nog niet vaak kunnen gebruiken omdat ze niet op locatie werkt. Ik heb niet veel contact gehad met Counsellor Briggs, jij wel?"

"Ik heb de vrouw nog niet eens ontmoet," zei agent Lane.

"Ik denk dat ik de eerste zal zijn die met haar werkt vanaf ons bureau."

"Wat er ook gebeurt sergeant, ze moet goed getraind zijn om ermee om te gaan."

"Dat hoop ik zeker. Bedankt en tot ziens op het station." Hij verbrak de verbinding en realiseerde zich dat hij het nummer van Eleanor Briggs niet in zijn telefoon had staan. Hij belde het bureau opnieuw en vroeg de baliemedewerker om het nummer te vinden. Hij voerde de informatie in zijn telefoon in en belde Briggs op om haar op de hoogte te brengen van de situatie.

"Ik kan klaarstaan zodra je me nodig hebt," gaf Briggs aan.

"Oké, ik kom over een kwartiertje langs om je op te halen," zei Miller terwijl hij een u-bocht maakte. Hij kon zichzelf er niet van weerhouden om aan Katie te denken. Dit nieuws zou haar hart breken.

Met tegenzin draaide hij Abe's nummer en lichtte hem in over de situatie.

✳✳✳

B enjamin voelde zich claustrofobisch en wenste dat de winkel open kon. Het zou een welkome afleiding zijn. Hij sms'te Abe: "Waar ben je?"

Abe was bijna thuis toen hij de sms ontving, toen kwam er een telefoontje van Sgt. Miller door.

"Ik heb droevig nieuws over de moeder van Katie. Haar lichaam is gevonden bij het Viaduct."

"Zelfmoord?"

"Het is niet uitgesloten."

"Oké. Ongelooflijk triest nieuws inderdaad. Arme Katie. Moet ik het haar nu vertellen? Ik ga net naar binnen."

"Nee. Een hulpverlener en ik komen langs om het Katie te vertellen. Willen jij, Benjamin en El erbij zijn? Ze zal jullie steun nodig hebben."

"Eh, ja. Zo'n verdrietige uitkomst. Natuurlijk zullen we er allemaal zijn."

Thuis aangekomen ging hij de familiekamer in en zag Katie tegen een knuffel aanliggen. "Wie is dit nu weer?" vroeg hij.

"Het is Edward Beer, mijn knuffel."

"Ik wil het graag beter bekijken, als je even naar mijn kamer rent en mijn bril brengt."

Katie huppelde naar buiten en door de hal. Hij zwaaide Benjamin en El dichterbij en vertelde hen het droevige nieuws.

✳✳✳

"Arme Katie," zei El met tranen in haar ogen.

Benjamin zei niets.

"Brigadier Miller komt langs met een hulpverlener om het Katie te vertellen. Ze willen graag dat we hier zijn om haar te steunen. De hulpverlener zal de situatie in goede banen leiden, ze is getraind om kinderen in traumatische situaties te helpen."

"Katie zal er kapot van zijn, de arme schat. Wat zal er van haar worden?"

"En als ze het haar verteld hebben, wat dan?" zei Benjamin, zijn schouders ingezakt. Zijn lichaam zakte in elkaar, alsof hij net een stomp in zijn maag had gekregen. "Gaan ze haar weghalen, haar bij pleegouders laten wonen - ik bedoel, bij vreemden?"

"Ze is hier gelukkig," zei El.

"Behalve het raamincident en de nachtmerries," zei Abe.

"Het zal uit onze handen zijn, nadat ze weet dat haar moeder er niet meer is. Misschien heeft ze familie," zei El.

"Zo niet, dan gaat ze het pleegzorgsysteem in. Ze kan niet in het systeem," zei Benjamin.

"Ze is al een paar dagen bij ons, brigadier Miller zal ervoor zorgen dat Katie de prioriteit krijgt en hij kent ons."

"We houden van Katie," zei El.

Katie kwam de kamer binnen met de bril van Abe. Hij bukte zich zodat ze hem op zijn gezicht kon zetten.

"Dank je, kleintje," zei hij, terwijl hij haar op het hoofd klopte.

Abe, El en Benjamin vormden een cirkel met Katie in het midden. Ze tilden haar op en draaiden haar rond en rond. Ze giechelde, gooide haar hoofd naar achteren en beeldde zich in dat ze vloog.

HOOFDSTUK 40

SLECHT NIEUWS

Een klop op de deur onderbrak hun vrolijkheid. Ze zetten Katie op de grond en Benjamin en El stonden achter haar. Ze hadden elk een hand op haar schouder. Abe ging de deur openen en kwam even later terug met Sgt. Miller en de consulent.

Benjamin verstevigde zijn greep op Katie's schouder.

"Jullie kennen me allemaal," zei Sgt. Miller. "Behalve jij Katie, ben ik een oude vriend van de Julius.' En dit is consulent Briggs. Ze werkt samen met mij op het politiebureau."

Abe schudde Briggs' mannelijke hand, terwijl Katie, El en Benjamin bleven waar ze waren.

"Je hebt een prachtig huis," zei Briggs in de richting van El.

Briggs was bijna net zo lang als Miller en met zulke schouders zag ze eruit alsof ze linebacker voor de Packers had kunnen spelen. Haar aardbeienhaar zag eruit alsof ze haar vinger in een stopcontact had gestoken en daarna haarlak had aangebracht. En haar gezicht was niet rond of ovaal, maar vierkant door haar pony, haar en gebrek aan nek. Haar neus stond uit het midden, zodat je nooit zeker wist of haar schele groene ogen naar haar keken, of naar degene met wie ze sprak. Briggs liep op Katie af, die zich achter Benjamin en El verschool.

Miller zei: "Katie, adviseur Briggs, Eleanor, wil je iets vertellen. Het is belangrijk."

Katie bleef staan waar ze stond totdat Benjamin en El haar handen pakten.

"Ik zal het haar vertellen," zei El, terwijl zij en Benjamin haar naar de stoel leidden. Toen ze oog in oog stonden, zei El: "Katie lieverd, je mama is naar de hemel gegaan."

Briggs kwam tussenbeide. "Je moeder is overleden, Katie."

El nam Katie in haar armen.

"Katie," zei Briggs, terwijl hij zich voorover boog om haar op de rug aan te raken. "Begrijp je het? Over je moeder? Is er iets dat je me wilt vragen? Het is goed als je wilt huilen."

Katie zei niets, bewoog zich naar de andere kant van de kamer, waar ze haar armen uitstrekte en begon te draaien. Ze zag eruit alsof ze deed alsof ze een windmolen was.

"Ze is niet dood," zong ze op een maar al te bekend deuntje - Frere Jacques.

Benjamin met tranen over zijn wangen nam haar in zijn armen.

Al die tijd schreeuwde Katie: "Ze is niet dood! Ze is niet dood!" terwijl ze met haar kleine gebalde vuistjes tegen zijn borstkas sloeg.

Benjamin liet haar alle pijn eruit slaan door hem als boksbal te gebruiken. Toen ze geen emoties meer had en uitgeput was, viel ze als een lappenpop slap in zijn armen. Hij droeg haar naar haar kamer en stopte haar in bed. Ze sloot haar ogen. Af en toe sijpelden er tranen door, hij veegde ze weg en terwijl hij haar hand vasthield, keek hij toe hoe ze in slaap viel.

In de gang wendde Briggs zich tot El: "Katie valt nu onder de voogdij van de rechtbank. Zij zullen beslissen wat het beste voor haar is."

"Ze heeft net haar moeder verloren," zei El, terwijl ze haar vuisten zo stevig balde dat haar nagels door de huid braken. "Wat voor vrouw ben jij?"

"Wauw. Ze doet alleen maar haar werk El," zei Brigadier Miller.

"Je hebt een gerechtelijk bevel nodig om haar uit mijn huis te verwijderen," zei Abe.

Brigadier staarde zijn oude vriend aan. "Wacht even Abe. We zijn niet van plan haar kamer te bestormen en haar uit haar bed te rukken. Ze heeft nog maar net haar moeder verloren en dat zouden we haar of welk kind dan ook niet aandoen, nu niet en nooit niet. Bovendien kent ze jou en is ze beter af op een vertrouwde plek met mensen die ze vertrouwt en kent."

"Ze is nu een deel van onze familie," zei El.

"Ja, maar ze is niet jullie kind," zei Briggs. "Bovendien zijn er wetten en protocollen die gevolgd moeten worden."

"Je bent een kille vrouw," zei El die helemaal opging in Briggs' gezicht.

Miller trok hen uit elkaar. "Ik zal even met haar praten," zei hij tegen El. Toen tegen Briggs: "We kunnen hier buiten over praten."

Briggs zette haar handen op haar heupen. "Natuurlijk, we kunnen deze discussie buiten voortzetten."

Ze deed een stap in de richting van de deur en zei toen tegen El en Abe: "Dus jullie zijn op de hoogte van de procedure. Zodra ik het papierwerk heb ingediend, zal een rechter beslissen wat de volgende stap zal zijn. De normale procedure is dat het kind wordt overgedragen. Meestal binnen vierentwintig tot achtenveertig uur. Als je dat niet doet, krijg je een boete voor obstructie, in gevaar brengen en mogelijk zelfs gevangenisstraf. Het hangt allemaal af van de rechter die aan Katie's zaak is toegewezen." Ze keerde hen de rug toe en liep naar de uitgang.

"Haar naam is Katie," riep El haar na.

Miller verontschuldigde zich overvloedig toen hij Briggs de deur uit volgde.

HOOFDSTUK 41

MILLER EN BRIGGS

Miller klikte de deur van zijn cruiser open. Eenmaal binnen sloeg hij hem dicht. Nadat hij een paar keer diep adem had gehaald, ontgrendelde hij de passagiersdeur om Briggs in het voertuig te laten. Terwijl ze haar gordel omdeed, sloeg hij zijn gebalde vuisten op het stuur. "Je had niet zo hard voor ze hoeven zijn."

"Ze zijn te gehecht geraakt, aan een kind dat niet van hen is. Een kind dat bij familie hoort, niet bij toevallige vreemden. Ze heeft het meer dan ooit nodig om bij bloedverwanten te zijn, niet bij wannabe verwanten."

"Wat als er geen bloedverwanten zijn?"

Briggs schudde haar hoofd. "Als we niet kijken, zullen we het nooit weten. Het is onze plicht aan het kind om ze te zoeken. Om geen middel onbeproefd te laten. Om ervoor te zorgen dat ze de beste zorg krijgt, met mensen die haar helpen haar verdriet te verwerken."

"Ze houden van haar, hebben haar een deel van hun familie gemaakt en ik ken ze al jaren."

"Dat weet ik, maar er is iets. Er klopt iets niet. Ik kan mijn vinger er niet op leggen, maar het is er."

Terwijl hij achteruit de oprit opreed, haalde Miller nog een keer diep adem. "Maar als zij er niet waren geweest, was ze misschien ontvoerd of vermoord. Ze hebben haar gered, gered. God weet wat er met haar gebeurd zou zijn als ze de hele nacht alleen aan het water had gelegen. Je weet hoe het daar is als het donker is. Drugsverslaafden en prostituees. Het kind had verdomd geluk dat de familie van Julius haar vond, haar opnam en haar behandelde alsof het hun eigen kind was."

"Ik begrijp waar je vandaan komt sergeant Miller, maar zelfs jij moet je realiseren dat het kind hier prioriteit heeft. En ik moet mijn instinct volgen."

Hij was zo boos dat hij niet kon praten, dus in plaats daarvan groef hij zijn nagels in de leren stuurbeschermer terwijl ze verder wauwelde.

"Je bent nu al jaren bij de politie en je reputatie is uitstekend. En toch laat je je door je eigen emoties beïnvloeden. Van wat ik hoor, heb je het korps de rekening laten betalen voor het zoeken naar een kind waarvan je al dagen wist waar het was? Je deed zelfs tegenover de pers alsof we niet alleen nog steeds naar haar moeder zochten, maar ook naar Katie. Zoals je heel goed weet, waren je acties in beide gevallen tegen de procedures."

Miller zette zijn nagels verder in de stuurbeschermer. Hij hield zijn adem in en concentreerde zich op de weg. Als hij dat niet deed, zou hij extreem kwaad worden en... hij wilde niet de controle verliezen als zij zijn schakelaar om zou zetten. Proberen hem zijn kalmte te laten verliezen door zijn integriteit in twijfel te trekken. Hij was haar meerdere, in alle opzichten en toch dreunde ze maar door als...

"Oh, ik snap het," zei ze. "Het zijn je vrienden en ze kunnen geen kind krijgen, dus presto, hier is iedereen's kind dat niemand wil."

Miller trapte op de rem toen het licht van oranje op rood sprong. "Tegen wie denk je dat je het hebt?" vroeg hij. "In de eerste plaats heeft niemand, zoals jij het noemt, "de rekening betaald". In feite volgde ik het protocol en rapporteerde ik aan de D.P.C. over Katie die bij Abe en zijn vrouw verbleef. Hij zei dat ik de situatie in de gaten moest houden en dat deed ik. En toen de RCMP erbij betrokken raakte, liet ik hen weten waar ze was. Ik volg het protocol."

Ze schudde haar hoofd, "Het spijt me, dit is niet persoonlijk. Daarom bestaat het systeem, om degenen te beschermen die zichzelf niet kunnen beschermen."

Hij bevestigde haar laatste uitspraak met een knikje, wetend dat het waar was. Katie laten waar ze was was logisch, maar Briggs had in één ding gelijk, regels waren regels. De feiten waren zo: het echtpaar was bejaard en dat kon de rechtbank beïnvloeden.

"Dit is mijn rechtsgebied," zei Miller. "Loop niet met de regels te pronken. Ik hield me aan de regels, terwijl jij nog in een kinderwagen werd rondgeduwd."

Briggs lachte.

Hij ging verder, nu rustiger. "Het systeem heeft zijn gebreken, het kind, Katie is niet in het systeem verdwaald. Ze werd overgedragen aan de zorg van de familie Julius, die steunpilaren zijn in onze gemeenschap."

Briggs was even stil. "Gegeven is het woord waar ik bezwaar tegen heb. Een kind is geen puppy die je zomaar afgeeft. Een rechter moet naar de feiten kijken en over deze zaak beslissen. De rechter zal de dingen zwart op wit zien. Ze laten zich niet beïnvloeden door emoties."

"Ik sta in voor Abe en El. Als ik dood zou gaan, zou ik geen beter stel kunnen bedenken om voor mijn eigen kinderen te zorgen - als ze nog kinderen waren. De mijne zijn allemaal volwassen."

"Dit gaat niet over jou, sergeant Miller. Dit is niet jouw gevecht."

Miller zweeg. Ze had gelijk over een ander ding: het was niet zijn gevecht. Toch kende hij Abe en zijn familie.

Miller zette Briggs af bij haar geparkeerde auto en ging op weg naar het bureau. Ze maakte hem zo boos, woedend. Wat hij nog het meest haatte, was hoe gelijk ze had. Aan de ene kant zouden de meeste rechters niets geven om Abe en El en hoe oud ze waren.

Aan de andere kant zouden ze geen moer geven om de zogenaamde instincten van raadsman Briggs. Vooral niet als hij eerst de zaak van Julius zou bepleiten. Hij dacht dat Briggs er minstens dertig minuten over zou doen om terug te komen op kantoor. Afhankelijk van het verkeer. In de tussentijd zou hij een plan in werking stellen.

Terug op kantoor klikte Miller op de database en las het rapport van agent Lane. Hij typte een bijgewerkt addendum in:

Datum, Tijd. Brigadier Alex Miller en raadsvrouw Eleanor Briggs ontmoetten elkaar in het huis van de familie Julius, waar Katie Walker verblijft sinds haar moeder verdween op Datum, Tijd. Met Abe, zijn vrouw, El en hun pleegzoon - hij typte pleeg over - geadopteerd toegevoegd.

Hij stopte, omdat hij niet zeker wist of de jongen nog steeds pleeggezin was of geadopteerd. Hij typte opnieuw pleegzoon, terwijl Katie werd geïnformeerd over de dood van haar moeder.

Naar mijn mening moet het kind bij de familie Julius blijven. Ze kent hen en heeft vertrouwen opgebouwd. Haar in deze tijd van rouw overplaatsen naar een onbekende omgeving, met mensen die ze niet kent, zou een wrede en onnodige verandering zijn en het zou gevolgen kunnen hebben voor de kans van het kleine meisje om het verlies van haar moeder te overleven.

Hij stopte met typen en las opnieuw. Hij voelde de behoefte om in te gaan op de intuïtie van Briggs. De waarheid was dat de enige persoon die het kind van streek had gemaakt Briggs zelf was.

Hij klikte het dossier dicht.

Miller belde met een bevriende rechter, rechter Anders, die voorstelde om een voorlopige hoorzitting te houden. Anders was het ermee eens dat er geen reden was om het kind te ontwortelen.

"Vraag de indiener om over een uur naar het gerechtsgebouw te komen," zei Anders. "Dan kunnen we de zaak in gang zetten."

"Dank u," antwoordde Miller. Hij hing op en belde Abe en legde uit hoe dringend het was dat hij naar het gerechtsgebouw zou komen. "Ontmoet me bij de ingang, zo snel als je kunt. We gaan samen naar rechter Anders in zijn kamer en regelen het papierwerk." Hij aarzelde en ging toen verder. "Ik heb een gunst gevraagd die hopelijk genoeg is om Katie bij je te kunnen houden," zei Miller. "Dus kom niet te laat."

"Onderweg," zei Abe en hij bestelde een taxi. Op het moment dat hij in het voertuig stapte, nog voordat hij de kans had om zijn gordel om te doen, gaf hij de chauffeur de opdracht om hem z.s.m. naar het gerechtsgebouw te brengen.

"Als ik een bekeuring krijg, moet jij de rekening betalen," zei de chauffeur.

"Ik zeg niet dat je de wet moet overtreden, stap er gewoon op af en vermijd de meest drukke routes."

"Natuurlijk," antwoordde de chauffeur.

✳✳✳

Terug in haar kantoor bladerde Eleanor Briggs online door de dossiers van het kind met de naam Katie Walker. Bingo, ze vond een recent rapport geschreven door agent Lacey Lane. Daarin zei Lane dat Katie nachtmerries had en slaapwandelde. Een keer had ze zichzelf zelfs verwond. El Julius verzorgde haar zonder een ambulance te bellen en beweerde een gediplomeerd verpleegster te zijn.

Bij het originele document typte ze het volgende addendum:

Datum, Tijd. Raadsvrouw Eleanor Briggs en brigadier Alex Miller bezochten het huis van de Julius waar Katie Walker op de hoogte werd gebracht van de dood van haar moeder. Ook aanwezig waren Abe, El en Benjamin Julius.

Katie verbleef bij hen sinds de verdwijning van haar moeder op Date. Het kind ontving het nieuws zo goed als onder de omstandigheden mogelijk was.

El Julius werd echter vijandig toen Briggs probeerde rechtstreeks met het kind te communiceren. Na het lezen van het rapport van agent Lane is deze consulent van mening dat de nachtmerries het directe gevolg kunnen zijn van het overmoedige gedrag van mevrouw Julius. Dit is verontrustend, omdat de moeder van Katie tot op de dag van vandaag nog in leven werd geacht. Het is daarom mijn aanbeveling om Katie Walker onmiddellijk uit het huis van mevrouw Julius te verwijderen. Bij voorkeur naar een huis bij een bloedverwant.

Ze stopte met typen en dacht even na. Had het lezen van deze informatie enig licht geworpen op het onderbuikgevoel dat ze had? Ze besloot van niet. Toch had ze nu meer informatie die haar zaak sterker zou maken.

Briggs was er zeker van dat de meeste rechters haar aanbevelingen zouden opvolgen en de kleine Katie Walker onder provinciale hoede zouden nemen.

Ze drukte op VERZENDEN.

HOOFDSTUK 42

PECH BRIGGS

Een vriendin die op het kantoor van rechter Anders werkte, was Eleanor Briggs een gunst verschuldigd. Ze belde haar op en lichtte haar in over de situatie. "Klootzak," riep Briggs uit. Anders was niet het soort rechter dat je kon opbellen en mee onderhandelen. Oog in oog was de enige manier met hem. Ze rende het gebouw uit, naar haar auto en op weg naar het gerechtsgebouw.

Briggs kon niet geloven dat Miller haar hand zou uitsteken naar een rechter, laat staan naar iemand met wie ze nooit een oog in oog had gestaan. Hoewel ze bij nader inzien niet dacht dat Miller zou weten dat ze ruzie hadden gehad. Maar ja, het nieuws deed de ronde in het politiedistrict. Mensen praatten. Roddels zoals in elke andere carrière. Het was te toevallig.

Miller moest het geweten hebben. Ze zwenkte om de hoek, haar banden gierden toen het licht geel werd.

Ze sloeg met haar vuisten op het stuur. Ze kon nog steeds niet geloven dat het rechter Anders was die deze voorlopige hoorzitting leidde. Hij stond bekend om zijn mildheid en hield van verhalen die aan zijn hart trokken. Hij was een goede, eerlijke en rechtvaardige rechter, maar hij droeg zijn hart op de tong - sommigen vonden dat zijn beste kwaliteit als rechter. Voor Briggs was het volgen van regels volgens het boekje de enige manier om te werken. Als Anders maar wist van de nachtmerries en van het feit dat mevrouw Julius zich voordeed als verpleegster - dat zou alles kunnen veranderen.

Briggs bereikte de kamer van de rechter net toen Miller en Abe naar buiten kwamen.

"Je bent te laat," zei Miller. "Rechter Anders heeft ons verzoek goedgekeurd dat Katie een maand bij de Julius' mag blijven. Hij zal de zaak opnieuw bekijken als de termijn is afgelopen."

Briggs duwde zich een weg door de twee mannen en ging Anders' kamer binnen en sloot de deur achter zich.

"Hij zal het niet op prijs stellen dat er een tweede keer naar hem wordt gevraagd," zei Miller terwijl hij en Abe het gebouw verlieten.

HOOFDSTUK 43

ABE EN MILLER

Miller was tevreden met het resultaat toen hij Abe naar huis reed. Het enige dat de dingen voor Katie in de komende maand zou kunnen veranderen, zou zijn als een familielid zich zou melden. Anders zou het kind voor onbepaalde tijd onder hun hoede blijven.

Abe was stil tot de auto bij zijn huis stopte. "Wat gebeurt er als Briggs haar zin krijgt en Katie bij volslagen vreemden komt te wonen?"

"We hebben een uitspraak in ons voordeel gewonnen, laten we ons daar nu geen zorgen over maken."

"Maar ik maak me zorgen. Ik weet zeker dat Benjamin en El zich ook zorgen zullen maken. Moeten we het kind vertellen dat ze maar een maand bij ons mag zijn? Om haar voor te bereiden?"

"Een maand voor een klein meisje als Katie is een lange tijd," zei Miller. "En ze rouwt nog steeds om haar moeder."

"Het zal een moeilijke weg worden, maar bedankt," zei Abe terwijl hij uit de auto stapte. Hij zwaaide toen sergeant Miller wegreed.

HOOFDSTUK 44

KATIE

Toen Katie wakker werd, staarde ze naar het plafond. De kleine rozenblaadjes zagen er vandaag nog mooier uit met de zon die erop scheen. Ze keek naar de rode bloemblaadjes, dansend in de lucht, rollend en fladderend als in een film.

El lag naast haar te slapen en Benjamin lag op de stoel. Ze herinnerde zich dat er iets prachtigs was gebeurd en daarna iets minder prachtigs.

Ze sloot haar ogen en probeerde zich zowel het goede als het slechte te herinneren. Ze dacht aan de man in het politie-uniform en de enge vrouw. Ze huiverde toen ze zich herinnerde dat de vrouw haar had vastgepakt.

Toen herinnerde ze het zich weer. De enge vrouw zei dat haar mama dood was, maar dat was niet zo. Ze jammerde.

Benjamin en El sloten het kind in hun armen.

"Ze is niet dood," zei ze met betraande ogen.

"Het komt goed," zei El, vechtend tegen de tranen.

"We zijn er voor je," suste Benjamin.

Benjamin wist dat hij haar pijn niet kon wegnemen, die was van haar en van haar alleen. Hij had zelf dezelfde pijn van verlies ervaren. Zo wist hij dat hij haar kon helpen door te delen in haar pijn, zoals Abe lang, lang geleden voor hem had gedaan. Toen had hij zijn pijn in Abe gestort, nu zou hij Katie toestaan haar pijn in hem te storten.

HOOFDSTUK 45

MEER KATIE

Toen Abe naar binnen ging, vond hij Benjamin en El in Katie's kamer.

"Ik moet met je praten, El," fluisterde hij.

Ze kwam naar buiten en liet Benjamin en Katie achter met de deur op een kier.

Abe nam zijn vrouw bij de hand en leidde haar naar de hal.

"Nemen ze haar bij ons weg?" vroeg ze.

"Kom mee naar de keuken als we fatsoenlijk kunnen praten."

Benjamin was wakker geworden en had meegeluisterd, totdat ze zich verwijderden naar de keuken.

"Nee, we hebben vandaag een overwinning behaald, ze mag nog minstens een maand bij ons blijven, en mogelijk voor onbepaalde tijd."

"Ik ben blij dat ze niet verplaatst hoeft te worden. Ze is er niet aan toe om bij vreemden te gaan wonen. Ik zou het niet kunnen verdragen."

"Het is maar tijdelijk, maar dankzij het pleidooi van sergeant Miller is het een overwinning."

"We moeten het Benjamin vertellen."

Ze gingen naar de kamer van Katie. Zij sliep, Benjamin daarentegen was nergens te bekennen. Terugkerend in Katie's kamer, streelde El het hoofdje van het kleine meisje. Ze gooide de dekens terug: het was de pop, niet Katie. "Oh nee!" riep ze uit.

Het oudere echtpaar doorzocht elke kamer in het huis en ging toen de tuin in. Nog steeds geen spoor van Katie of Benjamin.

"Waar kunnen ze naartoe zijn?" vroeg El.

"Ik weet het niet," zei Abe.

"Ze was zo radeloos. We hadden haar pas tot rust gebracht voordat je vroeg of je me wilde spreken." Ze hijgde. "Misschien dacht Benjamin dat ze haar zouden weghalen en heeft hij haar daarom meegenomen voordat ze dat konden doen. Toen je me uit de kamer riep...Hij moet gedacht hebben." Ze huilde in haar handen.

"Ze kunnen niet ver zijn."

HOOFDSTUK 46

BENJAMIN EN KATIE

Hij droeg het slapende kind in zijn armen en stapte in de taxi die hij had besteld.

"Mijn zusje is in slaap gevallen, voordat ik haar naar huis kon brengen," legde hij uit.

De chauffeur haalde zijn schouders op.

Benjamin streelde het haar van Katie terwijl ze sliep. Haar meenemen was de enige manier geweest om haar veilig te houden. Er waren overal gevaren. Gevaren waar alleen hij haar tegen kon beschermen.

Drie kwartier later, aan de andere kant van de stad. "Je kunt ons hier afzetten," zei Benjamin.

"Ze is zeker een goede slaper," zei de chauffeur. Hij stapte uit en opende de deur. Benjamin stopte een paar biljetten in zijn hand.

De man bij de deur deed open en hij haalde de sleutel op. In de lift bewoog Katie zich even, maar viel toen weer in slaap.

Aangekomen op de zevende verdieping opende hij de deur en legde haar voorzichtig neer op het bed. Hij sloot de gordijnen, legde een deken over haar heen en ging in een stoel bij het bed zitten. Hij dommelde in.

"Wat is er gebeurd? Waar ben ik?" vroeg Katie, terwijl ze in haar ogen wreef en uit bed probeerde te komen. Omdat dat niet lukte, bleef ze op het kussen liggen. Er waren een paar uur verstreken en ze was op een onbekende plek. Een plek die rook naar suikerspin en verbrande toast.

Benjamin had gewacht tot Katie bijkwam voordat hij tegen haar sprak. Nu de medicijnen die hij haar had gegeven uitgewerkt waren, kon hij met haar praten. Dingen uitleggen. Haar rustig houden.

Hij wilde niet dat ze zou schreeuwen. Iemand zou haar kunnen horen als ze gilde. Dan zou hij haar pijn moeten doen. Hij wilde haar geen pijn doen.

HOOFDSTUK 47

ABE EN EL

"Ik denk dat we beter Sgt. Miller kunnen bellen en het hem laten weten," zei Abe.

El hield hem tegen. "Waarom? Alles komt goed. Hij zal haar terugbrengen. Ze zal niet ver weg zijn, niet zonder haar pop."

"Ik heb hier een slecht gevoel over," zei Abe. "Ik bel sergeant Miller." Hij stond op en liep naar de telefoon. Pakte hem op en begon te bellen.

"Je hebt gelijk, Abe." Ze schoof dichter naar hem toe, net toen haar man de telefoon neerlegde en haar de rug toekeerde om weg te lopen. "Wij moeten het melden. Beide kinderen worden vermist."

Ze volgde haar man op de voet. "Het is onze verantwoordelijkheid. We moeten de kinderen vinden, en snel."

"En dat zullen we, er is geen reden tot paniek."

"Misschien," zei El, terwijl Abe opnieuw de hoorn van de telefoon neerlegde. "Misschien. Maar..." El liep naar de voordeur. "Ik ga naar buiten, om ze te roepen.

Misschien verstoppen ze zich. Verstoppertje aan het spelen."

Abe pakte haar bij de arm. Trok haar mee naar binnen, de woonkamer in.

El keek zwijgend toe hoe haar man ijsbeerde en met het verstrijken van de tijd onrustiger werd.

HOOFDSTUK 48

KATIE

Op een stoel naast het bed zat Benjamin. Hij leek op Benjamin en toen weer niet. Hij was helemaal wazig en ver weg.

Waar was El? Waar was Abe?

Ze keek omhoog naar het plafond, er waren geen dansende rozenblaadjes in deze kamer. De kamer begon te draaien, terwijl haar maag naar haar keel steeg.

Benjamin stond naast haar en hield een ijsemmer vast waarin ze moest overgeven. Toen ze klaar was, ging hij naar de badkamer en spoelde de inhoud van de emmer door het toilet. Hij liet koel water over een washandje lopen en ging terug om het op het voorhoofd van het kind te leggen.

"Beter nu?" vroeg hij terwijl zijn telefoon trilde. Abe belde. Hij zette zijn telefoon uit, verwijderde de batterij. Legde hem op de grond en stampte erop, waarna hij de resten in de prullenbak gooide.

Katie keek zwijgend toe tot hij terugkwam. "Ja, dank je," zei ze. Hij ging op het uiteinde van het bed zitten en keek haar aan. "Waar zijn we? Waar is mijn mama? Ik wil mijn mama! En waar zijn Abe en El? Ik wil El."

Benjamin draaide zich om en ging staan. "Ze moesten weg. Net zoals jouw mama weg moest." Hij bewoog zich door de kamer en liet zich in een stoel vallen. Hij trok zijn benen op, zodat hij yogastijl zat, en sloot toen zijn ogen alsof hij van plan was te gaan mediteren.

Katie snikte.

Hij opende zijn ogen. "Het is nu jij en ik, jij en ik kind." Hij sloot zijn ogen weer en bedekte zijn gezicht.

Katie begon te jammeren: "Ik wil mijn mama. Ik wil mijn mama!"

Benjamin bewoog over de vloer naar haar toe.

Ze deinsde voor hem terug en sloeg haar armen om zich heen.

HOOFDSTUK 49

EL EN ABE

El werd ongeduldiger door Abe's passiviteit.

"We moeten iets doen, nu," zei ze. "De tijd tikt weg en er kan van alles gebeuren. Ik wou dat ik je niet had tegengehouden om Alex te bellen. Ik wou..."

Ze greep naar de telefoon.

"Niet doen," zei Abe, terwijl hij haar arm vastpakte. "Gewoon niet doen."

HOOFDSTUK 50

EEN GEVOEL

Brigadier Miller had een dossier op zijn bureau liggen toen hij terugkwam in zijn kantoor. Hij bladerde door een rapport dat bevestigde dat de naam van de dode vrouw Margaret (Maggie) Monahan was. Hij stopte en ging achterover in zijn stoel zitten. Wacht. Katie's moeder was Jennifer Walker. Maar het DNA rapport kwam overeen met Katie.

Hij leunde voorover en las verder over Margaret Monahan. Terwijl zijn vinger over haar biografie ging, bevestigde hij een verband: een zus. Margaret Monahan was de getrouwde naam van de zus van Jennifer Walker.

Hij las verder en ontdekte dat beide ouders voor Katie's geboorte waren overleden. Ze had haar grootouders dus nooit ontmoet.

Hij dacht aan Katie's reactie op het nieuws. Hoe ze pertinent had geweigerd het te geloven - en ze had gelijk gehad.

Miller stormde zijn kantoor uit, hij moest ergens heen, maar wist nog niet waarom. Abe's naam schoot hem te binnen. Waarom? Hij belde hem. Geen antwoord. Toch knaagde er iets aan hem. Hij liep naar zijn auto, drukte op de sirene die het verkeer aan alle kanten ophief terwijl hij naar Abe's huis reed.

Toen hij de oprit opreed, zag hij meteen dat de voordeur wagenwijd openstond. De aangrenzende winkel had een GESLOTEN bordje op het raam.

Miller ging naar binnen en riep: "Iemand thuis? Ik ben het, Alex Miller. Abe? El?"

Het huis was opgeruimd en stil. Geen geluid van de televisie of radio. Maar er was inderdaad iets aan de hand, zijn gevoel had gelijk gehad. Hij trok zijn wapen en liep de hoek om die naar de woonkamer leidde.

Er lag een lichaam op de vloer: het lichaam van El Julius.

HOOFDSTUK 51

ABE

Na een poging Benjamin te bellen - geen gehoor - ging Abe de straat op en hield een taxi aan.

"Breng me naar het treinstation," eiste hij, terwijl hij in zijn portemonnee rommelde. In zijn haast was hij vergeten extra geld mee te nemen. Dat zou hij op het station wel krijgen.

"Natuurlijk," zei de chauffeur, waarna hij de radio harder zette.

Abe probeerde Benjamin nog een keer te bellen, zonder geluk. Zou de jongen zo idioot zijn om het kind mee te nemen naar hun geheime plek?

HOOFDSTUK 52

KATIE EN BENJAMIN

Benjamin legde zijn arm om Katie's schouder en zonder te spreken zaten ze naast elkaar op het bed. Ze knuffelde tegen hem aan.

"Benji," zei ze, terwijl ze haar armen om zijn middel sloeg.

Hij kuste haar boven op haar hoofd. Hij neuriede, een slaapliedje, tot ze weer in slaap viel. Hij bedekte zijn oren. Hij haatte het geluid van de zoemende mini-koelkast. Hij trok de stekker uit het stopcontact.

HOOFDSTUK 53

MILLER EN EL

"Jezus, El," zei Miller, terwijl hij op één knie ging zitten om haar pols te voelen. Hij was er, zwak, maar aanwezig. Hij wiegde haar hoofd in zijn arm en ze opende haar ogen.

"Wie heeft dit gedaan?"

"Abe," fluisterde ze.

Miller leunde dichterbij, hij had het niet goed gehoord. Had hij dat wel?

"Abe. Het was Abe," zei ze, ogen achterover rollend in haar hoofd terwijl hij met zijn vrije hand 911 intypte in zijn telefoon.

Nadat de ambulance met gillende sirene was weggereden, probeerde Sgt. Miller Abe, Benjamin en Katie te vinden. Waar waren ze? Waren ze allemaal samen ergens naartoe gegaan en El in deze staat achtergelaten?

Terwijl Miller alles doornam en niets zinnig vond, ging zijn telefoon. Hij hoopte dat iemand iets wist. En dat het goed zou komen met El. Dat moest wel.

"Sorry, sergeant, maar ze kreeg een hartstilstand," zei de ambulancechauffeur. "We konden haar niet redden."

"Oh nee," zei Miller, terwijl hij de verbinding verbrak.

Hij moest hier goed over nadenken. Hij moest zijn hoofd leegmaken. Hij moest Katie Walker vinden en haar vertellen dat ze gelijk had. Haar moeder was echt niet dood, maar El wel. Hoe moest hij hen het nieuws vertellen?

Miller belde het bureau en vroeg om een team naar beneden te sturen om alle inkomende gesprekken te traceren.

"Zo snel mogelijk - ik bedoel gisteren," zei hij.

Even later was er een team onderweg naar het huis van de Julius.

HOOFDSTUK 54

BENJAMIN EN KATIE

Terwijl hij Katie's hoofd wiegde, schommelde Benjamin heen en weer en heen en weer. Hij deed alsof ze in een schommelstoel zaten, maar dat was niet zo. In plaats daarvan waren ze op de geheime plek. De geheime plek waar alle vergeten kinderen naartoe gingen.

De andere kinderen renden en speelden, terwijl Katie verder sliep. Benjamin zwaaide naar hen en bracht toen zijn vingers naar zijn lippen.

"Shhhh," fluisterde hij.

Hij speelde met haar haar en dacht na over hoe hij de beslissing die hij had genomen zou uitleggen. Het was niet de eerste keer dat hij iemand meenam naar de geheime plek: de plek in het schilderij Zonnebloemen van Van Gogh.

Maar Katie was de jongste, dus hij moest elk woord zorgvuldig en bedachtzaam kiezen. Hij besefte dat als ze voor het eerst wakker zou worden, ze zou schrikken. Dat was ook de reden waarom hij haar meer slaapmedicijnen had gegeven, terwijl hij besloot wat hij zou doen. Hij hoopte dat haar overgang rustig en eenvoudig zou zijn. Aangezien ze nu ook een wees was. Ze zouden samen zijn, met de andere kinderen. Niemand hoefde alleen te zijn, niet hier in deze nieuwe wereld.

Hij herinnerde zich de eerste keer dat hij wakker werd in Van Goghs wereld. Abe had nooit gedacht dat hij uit zijn lichaam was terwijl de oude man er gemene dingen mee deed.

En nu zou hij het nooit weten. Want hij, Katie en de anderen waren veilig verborgen in een nieuwe wereld waar volwassenen niet mochten komen.

HOOFDSTUK 55

ABE

Aangekomen op het treinstation bekeek Abe de dienstregeling. Hij kocht een kaartje en synchroniseerde toen zijn horloge met de geschatte aankomsttijd. Hij moest nog even wachten. Wachten en zich zorgen maken. Hij liep over het perron, ging op een leeg bankje zitten en begon zijn zorgen één voor één door te nemen. Deze methode om elk probleem aan te pakken was in het verleden een waardevolle strategie voor hem geweest.

Eerst maakte hij een mentale lijst die begon met El, Benjamin en eindigde met Katie. Het was een kort lijstje; eentje waar hij snel grip op kon krijgen.

Het incident met El was ongelukkig. Ze overreageerde, waardoor hij hetzelfde deed. Had ze hem de dingen maar laten afhandelen.

Dat had ze in het verleden gedaan en zo een confrontatie vermeden. Hij had haar niet hard geslagen. Het was gewoon een liefdestik. Ze zou herstellen en alles vergeven, zoals ze altijd deed. Hij belde naar huis om haar te controleren.

"Hallo," blafte een stem, een mannenstem, terwijl Abe zich een weg baande naar de geldautomaat. Nadat hij wat geld had opgenomen, controleerde hij op welk perron zijn trein zou aankomen en ging hij erheen.

Abe sprak niet, want hij was met stomheid geslagen toen hij de stem van Alex Miller aan de andere kant van de lijn herkende. Wat deed hij daar? Had El hem gebeld? Was ze van plan een aanklacht tegen hem in te dienen? Dat had ze in het verleden nooit gedaan, omdat ze het altijd onderling uitwerkten.

"Abe ben jij dat? El is dood. Abe? Abe?"

Abe kon het niet geloven. El kon niet dood zijn. Hij liet de telefoon los en die raakte de stoep. Hij hoorde Alex zijn naam roepen en pakte de telefoon op. Gelukkig deed hij het nog.

"Wat is ze? Nee, dat kan niet!"

Achter hem probeerde Miller's team van agenten Abe's verblijfplaats te achterhalen, zijn telefoon te synchroniseren en zijn locatie door te geven. De agent gaf met handgebaren aan dat ze meer tijd nodig hadden.

Miller zei. "Ze heeft een flinke klap op haar hoofd gehad, ik heb de ambulance gebeld, maar ze heeft het ziekenhuis niet gehaald. Waar zijn de kinderen? Zowel Katie als Benjamin zijn niet in het huis. Waar ben jij?"

Abe liep naar de trap en wilde naar huis. Hij moest zich aan het plan houden. Benjamin en Katie vinden.

De agent gaf opnieuw aan dat Miller het gesprek moest rekken door hem aan de lijn te houden.

"Je voordeur stond wagenwijd open toen ik hier aankwam. Ik maakte me zorgen om je, Abe. We zijn al zo lang vrienden, ik had gewoon een onderbuikgevoel. Alsof je me nodig had of zo," Miller keek om, ze hadden zijn locatie in het vizier.

Hij vervolgde. "Ik dacht net aan die keer dat jij en ik mijn twee jongens meenamen op de boot en een beetje gingen vissen? Weet je nog? Het lijkt nu zo lang geleden dat we dat nog eens moeten doen. We kunnen Benjamin en Katie deze keer meenemen. Ze zouden het geweldig vinden. Denk je niet?"

zei Abe. "Ik kan het niet geloven van El. Hoe kan ze dood zijn? Wie zou El ooit pijn doen?" Hij stopte en vroeg toen: "Heeft ze, iets gezegd?

"Nee, Abe, ze was bewusteloos toen ik aankwam. Ik ben al zo lang bij de politie en we zijn al zo lang vrienden, dat we met elkaar verbonden zijn. Zoals ik al zei, toen ik aankwam stond de deur wagenwijd open."

Abe inhaleerde.

"Gaat het wel goed met je? Waar ben je? Ik kom je halen; je zult haar willen zien en we kunnen de twee kinderen vinden, ze moeten het weten."

Er klonk een treinfluit, gevolgd door een slepend geluid.

"Ik moet nu gaan," zei Abe. Zijn oude vriend was aan het ratelen - niet iets wat hij onder normale omstandigheden zou doen. El had iets gezegd. Nu probeerden ze zijn locatie te vinden. Hij gooide zijn telefoon in de vuilnisbak.

"Wacht Abe!" riep Miller, hij keek de agent aan.

"We hebben zijn locatie, op een treinstation aan de oostkant. Ik heb net gekeken en de trein op het perron is vertrokken, maar hij staat nog op het perron."

"Stuur me de locatie, dan ga ik er nu naartoe."

"Zal ik doen," zei de agent.

Toen hij in zijn auto stapte, zette hij het zwaailicht op het dak. Hij liet de sirenes loeien, waardoor hij als boter door het drukke verkeer kon snijden.

HOOFDSTUK 56

ABE OP DE TREIN

In de trein zat Abe nu op een stoel uit de buurt van andere passagiers, zodat hij kon nadenken. El was weg. Ze was dood. Hij had haar vermoord, maar het was een ongeluk. Het was niet zijn bedoeling geweest haar pijn te doen. Zijn leven was niets waard zonder haar.

Bij de eerste halte keek hij naar de passagiers op het perron. Het was vervelend om te zien hoe ze rondliepen als robots met hun volledige aandacht bij hun telefoon. Als er iemand achter hen liep, konden ze hem op de rails duwen. Ze zouden dood zijn voordat ze wisten wat er gebeurde. Triest waartoe de wereld was gekomen. Wandelende robots.

Daarom had hij het gebruik van een mobiele telefoon zo lang vermeden. Pas toen Benjamin hem de voordelen ervan leerde kennen, probeerde hij het. Als ze elkaar op korte termijn zouden ontmoeten, zouden ze elkaar sms'en. Hun berichten waren in code, zodat niemand anders zou weten waar ze het over hadden. Het was spannend, leuk.

Nadenkend over El's dood bedacht Abe een verhaal in zijn hoofd. Het was een verhaal dat hij aan sergeant Miller zou vertellen de volgende keer dat hij hem zag. Hij zou beginnen met het vertellen van zijn oude vriend, hoe Benjamin bang was dat ze Katie in huis zouden nemen. Benjamin die misbruikt was in het pleeggezin. Hoe de arme en radeloze tiener El per ongeluk een duw had gegeven. El was op de grond gevallen. Hoe hij het zelf had gecontroleerd en El helder was en vervolgens, met El's toestemming, het huis uit was gerend om Benjamin te zoeken, die Katie had meegenomen nadat hij El pijn had gedaan en op de vlucht was geslagen.

Ja, na alles wat hij voor de jongen had gedaan, zou hij hem overtuigen om mee te gaan in het verhaal. Hij had zo zijn manieren om de jongen alles te laten doen wat hij wilde.

Iemand schoof aan in de stoel achter hem: een vrouw aan de geur van haar parfum te ruiken. Hij keek om zich heen, ja, een jonge vrouw. Misschien vijfentwintig. Op weg naar haar werk of naar een feestje, dacht hij, helemaal tot in de puntjes gekleed. Hij keek toe hoe ze een appel uit haar tas haalde en kromp ineen toen ze eerst een hap nam en daarna nog een paar. Ze kauwde met open mond. Een beetje appelsap spatte in zijn nek. Hij veegde het weg. Walgelijk en vervelend. Ze kauwde en kauwde. Kauwde en kauwde. Hij wachtte op het volgende gekraak, wachtte met gespannen schouders, maar het kwam nooit. Hij keek achterom om te zien waarom en ontdekte dat de vrouw stikte.

"Kent iemand de Heimlich manoeuvre?" riep Abe, maar hij en de vrouw waren de enigen in het rijtuig.

Hij sloot zijn mond, realiseerde zich dat zijn geschreeuw de aandacht op de situatie had gevestigd en voor een fractie van een seconde, misschien wel langer, wenste hij dat hij de vrouw had laten stikken.

Toen medepassagiers zich een weg naar hen toe baanden, gaf hij de vrouw een harde klap op haar rug en ze spuugde de appel op de grond.

HOOFDSTUK 57

MILLER IN DE ACHTERVOLGING

Miller scheurde door het verkeer. Hij eiste een plek op bij de ingang van het treinstation. Hij liet zijn lichten knipperen zodat de conducteurs hem niet zouden inrekenen. Hij rende de trap op.

"Je bent er bijna. Rechtdoor. Net links van je," zei de surveillant.

"Het enige op het perron naast mij, is een vuilnisbak," zei Miller. Hij liep ernaar toe.

"Ja, daar komt het signaal vandaan."

Brigadier Miller trok zijn handschoenen aan en stak zijn handen in de vuilnisbak. Hij schoof een bananenschil opzij en vond wat hij zocht: Abe's telefoon.

"Kan ik u helpen?" vroeg een conducteur.

"Ja, hoe lang geleden is de laatste trein hier vertrokken?"

"Een kwartier geleden, maar ze zijn niet ver gekomen."

Miller deed een double take. "Hoezo?"

De conducteur ging verder. "De trein is gestopt voor een noodgeval met een passagier aan boord. De ambulance heeft een vrouw opgehaald en ze is onderweg naar het ziekenhuis. Een slachtoffer van een appel die in haar keel is blijven steken. Ze zeggen dat het goed komt met haar, ze wordt voor de zekerheid nagekeken voor de verzekering."

"Wat was de eindbestemming van de trein?" vroeg Miller.

"Het is een Express, dus maar één stop aan het eind van de lijn."

"Dank je," zei Miller. Hij haastte zich de trap af, zijn voertuig in en activeerde de sirene.

.

HOOFDSTUK 58

ABE DE BARMHARTIGE SAMARITAAN

Niet langer in de trein hield Abe de hand vast van de vrouw die hij had gered. Ze zaten achter in een ambulance en waren op weg naar het ziekenhuis.

Kort nadat ze de appel had uitgespuugd, arriveerde de ambulance. De vervelende jonge vrouw weigerde in het voertuig te stappen, tenzij Abe met haar mee zou gaan naar het ziekenhuis.

"Hij is mijn barmhartige Samaritaan," zei de vrouw.

Nadat de ambulancebroeders de vrouw op een brancard het ziekenhuis in hadden geduwd, zag Abe zijn kans schoon om te ontsnappen. Hij belde een taxi. Terwijl hij op het perron stond te wachten, kwam de chauffeur van de ambulance naar buiten.

"Bedankt dat je de situatie onder controle hebt genomen en haar leven hebt gered."

"Natuurlijk," zei Abe door het open raam. Toen tegen de chauffeur: "Zet me af op de hoek van Magnolia en Oak."

Het witte busje reed weg, terwijl de ambulancechauffeur in de cabine van zijn voertuig stapte. Er kwam een bericht over de radio waarin alle chauffeurs werd gevraagd uit te kijken naar een man die aan Abe's beschrijving voldeed.

HOOFDSTUK 59

MILLER EN ABE

Miller's telefoon ging. "Een ambulancechauffeur belde net. Hij zei dat een man die aan Abe's beschrijving voldoet een paar minuten geleden is vertrokken in een wit busje. Ja, uit het ziekenhuis. Hij zei dat Abe het leven van een vrouw had gered in de trein."

"Dat klinkt meer als de Abe die ik ken. Heeft de chauffeur het kenteken kunnen achterhalen?"

"Nee, maar hij hoorde de oudere heer vragen om naar de hoek van Magnolia en Oak gebracht te worden."

"Ik ben er nu bijna," zei Miller, terwijl hij de verbinding verbrak. Hij vroeg zich af wat er in de buurt was - het was een bekende louche buurt waar zelfs overdag hoeren de straten bevolkten.

Een paar straten later stopte er een wit busje voor de lichten bij Magnolia. Miller stapte uit zijn auto en naderde de passagierskant. Abe was geen lentekip, maar hij wilde geen risico lopen dat hij zou vluchten. Er zat geen passagier in het voertuig.

Abe liet zijn identiteitskaart zien en vroeg toen of hij een passagier, een oudere heer, naar deze locatie had gebracht. De man knikte. "Waar ging hij heen?"

"Hij stapte uit, een paar straten terug. Betaalde me met contant geld en zei toen dat hij de rest van de weg zou lopen."

"Zo dichtbij," zei Miller terwijl hij terugkeerde naar zijn voertuig, toen bedacht hij zich en ging de stoep op. Hij keek op en neer - geen teken van Abe. Hij stak de straat over en deed daar hetzelfde en zag iemand uit een winkel komen met een tas. Hij moest een paar blokken rennen om hem in te halen - lichten negerend - maar uiteindelijk zag hij hem.

Miller keek toe hoe zijn oude vriend de trap opliep. Een conciërge deed de deur voor hem open en gaf hem een pluim.

Miller liet zijn badge aan de conciërge zien en ging toen naar binnen. De liftdeuren gingen dicht en naar de zevende verdieping. Hij overwoog de trap naar boven te nemen, maar wachtte in plaats daarvan tot de lift weer naar beneden kwam. Hij ging naar binnen en drukte op de knop en was binnen enkele ogenblikken op de juiste verdieping waar hij vier deuren had om uit te kiezen. Welke was van Abe? En wat deed hij in een appartement in deze buurt? Voorzichtig liep hij van deur naar deur en luisterde met zijn oor hard tegen de deur voor eventuele geluiden binnen.

Hij hoorde niets totdat hij bij deur nummer vier aankwam.

HOOFDSTUK 60

DE KAMER

In de kamer stond Abe stokstijf stil terwijl hij op adem probeerde te komen. Was hij gek aan het worden? Even dacht hij dat hij Alex Miller had gezien. Zijn oude vriend kon hem onmogelijk gevolgd zijn - hij had zijn telefoon weggegooid.

Hij opende de tas, haalde zijn nieuwe telefoon uit de doos en stopte hem in het stopcontact om hem op te laden. Toen haalde hij er twee zakken snoep uit - Benjamins favorieten. Hij goot ze in een schaal die hij op het nachtkastje zette.

Toen hij de kamer rondkeek, zag hij twee glazen op het salontafeltje staan. Ze stonden er dus, of hadden er gestaan. Hij besefte dat hij dorst had en schonk zichzelf een koel glas water in.

Hij dronk het leeg, schonk toen een tweede glas in en hield het tegen zijn voorhoofd. Het voelde goed, dus hield hij het op zijn plaats terwijl hij de kamer rondkeek.

Achter hem druppelde de kraan. Hij herinnerde zich dat hij in bed lag na een van hun vele sessies met Benjamin die naast hem sliep. Ook toen druppelde de kraan. Uit bed moeten, vastdraaien. Terug in bed en weer druppelen. Onder de gootsteen had hij een sleutel gevonden en het probleem verholpen, maar nu was het weer terug. Het was alweer een tijdje geleden dat ze samen waren.

Hij ging op de rand van het bed zitten. "Katie? Benjamin?" Geen antwoord. Hij probeerde het opnieuw en tilde het dekbed op om onder het bed te kijken. "Ik hoor je ademen." Hij bewoog zich in de richting van het balkon: "Kom eruit, kom eruit, waar je ook bent."

HOOFDSTUK 61

WAT HET?

Wacht.

vroeg Miller zich af, zei Abe hun namen hardop? Hij drukte zijn oor dichterbij. Daar was het weer, de oude man riep de kinderen, alsof ze een verstoppertje speelden. Miller krabde op zijn hoofd. De toon die Abe gebruikte was speels en vertrouwd. Alsof hij dit soort dingen eerder had gedaan.

In de kamer hoorde hij voetstappen, gevolgd door het geluid van een deur die openging en vervolgens dichtviel. Hij hield zijn oor tegen de deur gedrukt, want een toilet spoelde door, de kraan kraakte, de deur ging open en voetstappen baanden zich een weg door de kamer waar een bed kraakte. Even later hoorde Miller luid gesnurk. Abe's vrouw was dood en hij deed een dutje.

HOOFDSTUK 62

DE DROOM

Abe droomde dat hij weer thuis was en dat hij bij El was. Het ene moment vlogen ze samen door de lucht. Op een ander moment lagen ze samen lepeltje-lepeltje op bed.

Ze fluisterde in zijn oor: "Abe."

"Abe," fluisterde Benjamin.

"Benjamin?" zei hij terwijl hij opstond van het bed. Er kwam geen antwoord.

Abe liep naar de kast. Hij herinnerde zich Benjamin, jaren geleden toen hij voor het eerst in hun huis was gekomen. Hij was bang voor alles en iedereen en hij had troost gevonden door zich in een kast te verstoppen.

"Ik weet dat je daar bent," zei hij terwijl hij de deur openschoof. En ja hoor, Benjamin zat erin. Ver, ver terug tegen de muur, in kleermakerszit.

Abe voelde langs de muur, op zoek naar een lichtknopje. Er was er geen.

"Kom er maar uit, Benjamin," suste hij. "Ik heb chocolaatjes en snoepjes voor je meegenomen: je favorieten." Toch bewoog de jongen niet. Abe trok zich terug naar de plek waar de brander telefoon aan het opladen was. Bijna halverwege. Hij downloadde de zaklampapplicatie. Hij probeerde het uit en het werkte prima. Hij baande zich een weg naar de kast met zijn telefoon die de weg verlichtte.

Benjamin hield iets vast, een haveloze pop. Abe richtte zich op met de zaklamp. Het ding dat hij vasthield was geen pop: het was Katie.

Hij ging dichterbij, dichterbij. Reikte zijn hand uit en raakte de wang van de jongen aan en daarna die van het meisje - ze waren allebei steenkoud. Hij slaakte een gil om de doden wakker te maken.

HOOFDSTUK 63

DOORBREKEN NAAR DE ANDERE KANT

Miller trapte de deur in met zijn gelaarsde voet. Nu hij binnen was, trok hij zijn pistool uit de holster toen Abe uit de kast kwam. Als een zombie zwaaide hij over de vloer en viel toen eerst op zijn knieën en daarna met zijn gezicht naar beneden op de vloer.

Miller had zijn pistool nog steeds op Abe gericht, die snikte en jankte als een man die zijn verstand had verloren. Miller kwam dichterbij en probeerde erachter te komen wat hij zei. Eerst kon hij het niet verstaan, maar toen hoorde hij: "Dood. Dood. Dood."

Hij draaide zich naar de kast toe en omdat de deur al open was, stapte hij naar binnen. Het was te donker; hij kon niets zien. Hij stapte naar buiten, gebruikte de tactische zaklamp op zijn wapen en ging weer naar binnen.

HOOFDSTUK 64

LICHAMEN

De zaklamp was te sterk voor zo'n kleine ruimte. De stralen weerkaatsten en creëerden donkere schaduwen voordat ze zich richtten op wat er was. Twee kinderen: Benjamin en Katie.

Eerst dacht hij dat ze sliepen. Hij liet het licht over hun ogen schijnen. Eerst de jongen, toen het meisje. Nu wist hij het zeker. Hij had het zo vaak gezien. De twee kinderen zagen eruit als de kadavers die op de platen in het mortuarium lagen.

Hij raakte Katie's gezicht aan en huiverde: het was steenkoud. Arm kind. Gestorven zonder te weten dat ze gelijk had over haar moeder. Benjamin had het ook koud.

Hij wist dat hij ze niet moest verplaatsen. Hij mocht hun laatste rustplaats niet verstoren. En toch, ook al wist hij beter. Ook al besefte hij dat hij het bewijs zou verstoren, toch deed hij het.

Miller moest ze eerst ontwarren. Benjamins armen lagen om Katie heen, alsof hij haar probeerde te beschermen. Haar hoofd slingerde en rustte op zijn schouder. Haar naar honing ruikende haar streek tegen zijn wang toen hij haar op het bed legde. Hij liep terug naar de kast en wierp een blik op Abe. Hij lag nog steeds op de grond en keek als een zombie voor zich uit. Miller pakte Benjamin op en legde hem op het bed.

Terwijl hij naar Abe keek en zich op zijn hoofd krabde, dacht hij aan zijn eigen kinderen. Hoe had dit kunnen gebeuren? Wat had het te maken met de dood van El? "Wat is er gebeurd man?" zei hij tegen Abe.

Abe trok zichzelf overeind op zijn knieën. Hij had geen kracht om zichzelf overeind te trekken. Zijn hoofd slingerde en zijn ogen staarden naar de vloer.

Miller schreeuwde: "Wat is hier in hemelsnaam gebeurd?"

Abe snikte en wierp zich toen op het tapijt. Hij drukte zijn volle gezicht in het tapijt alsof het gevoel van de ruwe stof tegen zijn huid hem troostte.

Miller kwam dichterbij, zodat zijn laarzen Abe's hoofd raakten. Hij fluisterde: "Katie had gelijk - haar moeder leeft."

"Wat?" antwoordde Abe.

"Het maakt nu niet meer uit," zei Miller. "Ze is dood. Ze zijn allebei dood."

Deze keer bonkte Abe met zijn voorhoofd op de vloer.

Miller schonk zichzelf een glas water in. Hij dronk het leeg, maar het kwam meteen weer omhoog terwijl op de achtergrond de kraan druppelde. Hij dacht erover om water naar Abe te brengen. Hij deed het niet.

"Sta op, Abe," eiste Miller. Toen hij rechtop stond, schudde Miller zijn schouders: "Verklaar je nader, man."

Abe begon te snotteren en te huilen. Hij kromp ineen op zijn knieën.

Miller ging naar de kast, haalde er een deken uit en drapeerde die over Abe's schouders. Hij probeerde niet aan de kinderen te denken en concentreerde zich in plaats daarvan op dingen die hij moest doen. Hij moest de lijkschouwer bellen en alles in gang zetten voor een onderzoek. Waarom aarzelde hij? Waar wachtte hij op? Het sloeg nergens op - niets ervan. De kinderen waren steenkoud - alsof ze al een tijdje dood waren - terwijl ze volgens El niet lang weg konden zijn. Wat was er dan gebeurd? Wie was er verantwoordelijk? Hij belde het door en gaf weinig uitleg. "Twee overleden kinderen: oorzaak onbekend," zei hij.

Terwijl hij wachtte om zijn commandant te spreken, wierp hij een blik op de twee kinderen op het bed. Ze zagen er bang uit - alsof ze zich dood hadden geschrokken. Hij schudde zijn hoofd. Mensen konden aan veel dingen doodgaan, maar niet aan angst.

Nadat hij het gesprek had verbroken, ging hij terug naar Abe. "Wat is hier in godsnaam gebeurd?" Hij hielp Abe overeind en leidde hem naar de gootsteen voor een glas water.

Abe nam een slok en zei toen: "Ik heb lucht nodig!" Hij liep door de kamer en gooide de deur die naar het balkon leidde naar achteren.

Miller stond binnen de bogen van de patiodeur; bang dat zijn oude vriend zou springen.

Ergens uit de kamer snikte een kind.

Abe en Miller draaiden zich naar het bed, goed wetend dat het geluid daar niet vandaan kwam. Beide mannen stonden stokstijf stil, met elk zintuig alert terwijl ze wachtten om het geluid weer te horen.

"Lijkschouwer," zei een stem buiten na het kloppen.

"Het is open," zei Miller terwijl het team, inclusief forensisch onderzoek, arriveerde.

Miller wierp een blik op Abe, die uitdrukkingsloos zat. Zijn blauwe ogen leken nog blauwer verborgen in zijn spookachtige bleekheid.

"Wat hebben we hier?" vroeg een lid van het forensisch team.

"Twee dode kinderen," antwoordde Miller.

Het team ging aan de slag om bewijsmateriaal veilig te stellen.

Miller en Abe stonden zij aan zij te wachten op het geluid: het geluid van een jankend kind.

HOOFDSTUK 65

DE SCHILDERIJ

Abe richtte zich op en bewoog zich naar voren, zijn hoofd schuin houdend alsof hij iets gehoord had.

Miller hoorde niets. Hij opende zijn mond om iets tegen Abe te zeggen, maar het was alsof hij in trance was. Hij schuifelde met zijn voeten over het tapijt.

Abe viel op zijn knieën en zei snikkend: "Het spijt me, Benjamin. Het spijt me zo. Het enige wat ik wil is dat je hier bent. Alsjeblieft." Zijn lichaam viel voorover met zijn hoofd rustend op het tapijt.

Miller had twee gedachten. De ene was om zijn oude vriend te troosten die aan het hallucineren was. De andere was om het team te helpen - ze waren bijna klaar om de twee kinderen in lijkzakken te stoppen.

In plaats daarvan deed hij niets, terwijl Benjamin in de groene zak werd geritst. Hij rilde toen het tweede geluid van de rits die Katie sloot de stilte doorbrak.

"Sta op," commandeerde een stem uit het niets.

Abe deed dat en stond op als een marionet die door een poppenspeler tot leven werd gewekt.

"Ga naar het schilderij," commandeerde de stem.

Abe volgde de aanwijzingen als een zombie en stopte bij de prent van Van Gogh.

"Nee! Nee!" gilde hij, terwijl hij zijn hoofd met zijn handen bedekte.

Miller bewoog zich direct achter hem, zodat hij de herdruk beter kon bekijken. Het enige wat hij zag was een vaas met zonnebloemen - niet dat hij iets anders had verwacht te zien. Toen Abe weer begon te praten, verwijderde Miller zich.

Abe haalde zijn handen van zijn gezicht en snikte: "Waarom? Waarom? Waarom? Vertel me waarom?"

Het team dat de lichamen van de kinderen droeg liep naar de deur. Eén van hen vroeg: "Tegen wie praat die oude knar?"

Zonder antwoord te geven, wuifde Miller hem weg.

Er klonk een stem. Een jongensstem die hol klonk, alsof hij uit een tunnel kwam. "Je weet waarom."

"Benjamin," zei Abe. "Ik hou van je."

Het team met de lijkzakken stopte. Ze wisten niet dat de stem die ze hoorden van Benjamin was - de jongen wiens lichaam in een van de zakken zat die ze droegen.

"Leg de tassen terug op het bed," beval Miller. "Rits die met de jongen erin open - NU."

Het team deed wat Miller opdroeg. Benjamin was wit, zijn ogen gesloten. Nog steeds dood. Miller staarde naar het roerloze gezicht van de jongen, toen zijn stem weer klonk.

"Je weet wat je me hebt aangedaan. Je weet het."

"Ik heb van je gehouden. Ik hou nog steeds van je," antwoordde Abe, terwijl hij zijn hand uitstak naar de lege lucht.

"Van wie gehouden? Tegen wie heeft hij het, Van Gogh zelf?" vroeg een van de teamleden.

"Shhh," antwoordde Miller.

"Wat we deden, was liefhebben. Omdat we van elkaar hielden," bekende Abe.

Miller schudde zijn hoofd. Hoorde hij het wel goed? Hij balde zijn vuisten terwijl hij de kloof tussen hem en zijn voormalige vriend dichtte.

Abe keek omhoog naar het plafond, alsof hij dacht dat Benjamin vanuit de hemel tegen hem sprak.

"Waarom moest je jezelf en Katie vermoorden? Waarom?"

"Ik deed wat ik moest doen."

"Om mij te straffen?"

"Ja, omdat ik je ken."

Miller balde zijn vuisten.

"Ik zou haar niet hebben aangeraakt," snikte Abe.

"Ik geloof je niet."

Abe bleef statig voor het schilderij staan met zijn ogen naar de hemel gericht.

Miller mompelde de woorden tegen het team achter hem, "Ik neem het vanaf hier over."

Ze ritsten Benjamins tas dicht en droegen de twee kinderen de kamer uit.

Miller bewoog zich zodat Abe recht voor hem stond.

Abe bleef naar de hemel kijken. De tijd leek stil te staan.

Toen stak er een mes uit het schilderij en sneed in één snelle beweging Abe's keel door.

Een paar seconden lang bleef Abe in dezelfde houding liggen. De enige beweging was het bloed dat uit de wond stroomde. Toen nam de zwaartekracht het over en viel hij op de grond, waarbij zijn hoofd onder de bedekking verdween.

CRASH. Het ingelijste zonnebloemschilderij van Van Gogh viel op de grond. De glazen voorkant versplinterde in duizend stukjes.

Miller riep het team terug. Toen ze de kamer weer binnenkwamen, was de vloer een bloederige puinhoop. "Waar is zijn hoofd?" vroeg er een.

Miller sprak alsof het een alledaagse gebeurtenis was. "Het ligt onder het bed."

De een tilde het dekbed op, de ander reikte eronder. Ze stopten Abe in de lijkzak met zijn ogen wijd open. Het was zo snel gegaan dat hij geen tijd had gehad om met zijn ogen te knipperen. Ze ritsten de lijkzak dicht.

"Zet de kinderen niet bij hem in de buurt," zei Miller. Leg hem in de kofferbak, of op het dak, waar dan ook - maar niet bij die kinderen."

"Natuurlijk, daar zorgen we voor."

HOOFDSTUK 66

SGT. MILLER

Miller ging naar het balkon voor wat frisse lucht. Hij moest er even over nadenken, want het sloeg allemaal nergens op. Eerst was er de dood van El. Had ze geweten wat er aan de hand was met haar man en pleegkind? Hij geloofde niet dat ze het had kunnen weten. El niet.

Benjamin en Katie zagen eruit alsof ze doodsbang waren geweest - maar ze waren al dood lang voordat Abe hier aankwam.

Wat betreft Abe's misbruik van zijn pleegzoon, dat was verdraaid. Te verdraaid om over na te denken. Hij wilde er niet aan denken hoe vaak Abe te gast was geweest in zijn eigen huis. Aan de keren dat Abe met zijn eigen kinderen had doorgebracht.

Dan was er nog het bovennatuurlijke aspect van wat er was gebeurd. Brigadier Miller geloofde niet in het bovennatuurlijke. Maar hij had het wel gezien en hij had de stemmen gehoord. Maar hoe moest hij dat uitleggen? Dat zou hem in geen miljoen jaar lukken.

De wereld was gek geworden.

Miller ging terug naar binnen, sloeg de balkondeuren dicht en deed ze op slot. Een man en een vrouw stonden daar met een stofzuiger en een tapijtreinigingsmachine.

De vrouw vroeg: "Mag ik beginnen?" aan Miller, die knikte. Ze zette de stofzuigmachine aan en een paar seconden lang stond hij te luisteren hoe het glas in de metalen container werd gezogen.

"Stop!" beval hij, terwijl hij zich over de vloer bewoog. Hij bukte zich en raapte een enkele zonnebloem op een stuk glas op.

De vrouw ging weer stofzuigen, terwijl Miller de zonnebloem tegen zijn ogen hield.

Toen zag hij het - beweging - binnenin de zonnebloem. Verf, chroomgeel, citroengeel, kleuren die wervelden en draaiden als een caleidoscoop. Hij voelde het tapijt onder zich verschuiven toen hij de zonnebloem liet vallen en toen werd alles zwart terwijl hij op de grond viel.

HOOFDSTUK 67

KATIE ONTWAAKT

"**B**enjamin," zei Katie, "ik hoor hier niet te zijn." Ze zat op een schommel en hij duwde haar steeds hoger, maar niet te hoog.

"Natuurlijk hoor je hier te zijn," zei Benjamin.

Overal om hen heen speelden kinderen. Een paar zaten in de zandbak. Anderen waren aan het wankelen. Velen deden mee aan honkbal- en voetbalwedstrijden. Verschillende speelden bordspelletjes zoals schaken, dammen en knikkeren.

"Je bent hier welkom," zei een jongen, jonger dan Benjamin, tegen Katie.

Hij droeg een spijkeroverall, zonder shirt eronder. Hij had een gouden kleurtje waardoor zijn blonde haar en blauwe ogen dominant waren op zijn atletische gezicht.

"Je bent hier heel welkom, mijn nieuwe zusje," zei een klein meisje, jonger dan Katie. Haar haar zat in pijpenkrullen, die stuiterden als ze rende. Ze zag er mooi uit, in een blauwe jurk met kant rond de randen en aan haar voeten zaten witte sandaaltjes.

"Maar ik ben niet zoals jij," zei Katie. "Ik hoor hier niet thuis. Je hebt sergeant Miller gehoord. Hij zei dat mijn moeder nog leeft. Ze wacht waarschijnlijk op me aan de waterkant. Ze zei dat ik niet mocht bewegen. Ze zal zich zorgen om me maken."

Benjamin duwde haar hoger, "Hier ben je veilig."

Tumbleweeds waaiden door het park. Het park binnen het verbrijzelde schilderij van Van Gogh Zonnebloemen. De plek waar alle vergeten kinderen voor altijd samen leefden en speelden.

Want hoewel de glazen voorgevel in deze wereld verbrijzelde, bleef hij in een andere wereld intact. De tijdklok van elk kind werd teruggedraaid, terug.

Terug. Naar de tijd waarin ze hun kindertijd verloren. Toen ze gedwongen werden om op te groeien, te snel.

Binnen het schilderij bleven de kinderen voor altijd kinderen. In de veiligheid van Van Gogh's zonnige Zonnebloemen was er een belofte. Een belofte dat geen enkel kind ooit nog gekwetst, misbruikt, bang of verwaarloosd zou worden.

HOOFDSTUK 68

SGT. MILLER

In het mortuarium koos Miller kisten voor El, Katie en Benjamin - en Abe. Als het kon had hij de oude man in een kartonnen doos laten verdwijnen, maar dat zat hem niet lekker. Dus moest hij vier kisten kiezen voor vier lichamen. Iemand moest het doen.

Miller hoopte deze taak te kunnen afsluiten. Toch speelde Katie's vermiste moeder Jennifer Walker door zijn hoofd. Ze was daar ergens - en haar dochter was dood omdat ze haar alleen aan de waterkant had achtergelaten. Zo'n tragedie.

Zo'n verlies. Allemaal te voorkomen. Een ouder moest zijn kind beschermen - wat er ook gebeurde.

Liever zichzelf in gevaar brengen dan dat het kind iets overkomt. Wanneer ging het mis en waarom zag hij het niet?

Miller kon het niet afsluiten. Hij kon geen gemoedsrust krijgen.

En in zijn onderbuik knaagde iets. Het vrat hem van binnenuit op. Hij ging terug naar het huis van de Julius in de hoop antwoorden te vinden. Het huis was nog steeds afgezet met tape en er stond een agent bij de voordeur.

"Is daar iemand?" vroeg Miller.

"Nee, sergeant. Ik denk dat ze het zo'n beetje hebben afgesloten voor vandaag. Ze hebben het onderzocht op vingerafdrukken en alles eruit gehaald wat ze wilden bewaren als bewijsmateriaal." Hij keek op zijn horloge. "Ik was van plan om snel terug te keren naar het bureau. Mijn dienst zit er bijna op."

"Komt er 's nachts iemand anders de boel in de gaten houden?" vroeg Miller.

"Ik denk het niet."

"Ga dan maar," zei Miller, "ik neem het vanaf hier wel over."

De agent stapte in zijn auto en reed weg. Miller keek toe hoe hij wegreed en ging toen het huis binnen.

Eenmaal binnen liet hij zich leiden door het gevoel dat aan zijn ingewanden knaagde. Door de hal, langs de gang. Naar Abe's kantoor. Hij controleerde het bureau: op slot. Hij ging de keuken in en pakte een mes uit de lade. Hij gebruikte het om in te breken in het bureau. Wat hij zocht zat daar, bijna alsof het op hem wachtte: Abe's grootboek.

Miller bladerde door de pagina's tot aan Kerstmis, op zoek naar poppenbestellingen. Er waren verschillende bestellingen door de jaren heen, inclusief foto's van de kinderen, hun volledige adressen en foto's van de kinderen met hun bijpassende poppen.

Er zat echter geen foto van Katie bij, maar hij kon bevestigen dat Mark Wheeler de bestelling had geplaatst en de pop had opgehaald.

Hij vond in totaal zeven bestellingen door de jaren heen. Een foto van het kind, naast de foto van de pop. Die van Katie was de laatste aankoop geweest.

Hij zat nog een paar seconden in Abe's stoel, terwijl hij door zijn dossiers bladerde. Opvallend was een aanvraag om Benjamin te adopteren. Er stond in dat hij ook eigenaar zou worden van het huis en de winkel. Er was nog niets afgerond, want El had het niet ondertekend. Hij pakte de aanvraag samen met het grootboek en droeg ze het kantoor uit.

Hij ging Katie's kamer binnen. Even kon hij niet ademen. Haar look-alike pop lag op het bed, rechtop zittend, naar hem te kijken. Wachtend op hem. Als het ding had geademd, had het hem niet meer kunnen verdoven. Hij kon zich niet bewegen en zijn zintuigen werden sterker.

Eerst een fluitend geluid. Gefluit. Opwaaiende gordijnen. Reikhalzend naar de pop als tentakels van stof.

Hij rilde, draaide zich om, maar kon niet weg. Hij sloeg zijn armen om zich heen.

"Oké, oké," zei hij tegen niemand. Hij schepte de pop op en droeg hem de kamer uit naar de keuken. Hij zocht onder het aanrecht naar een tas die groot genoeg was om haar in te stoppen. Hij durfde het niet aan om het in een groene vuilniszak te stoppen - die leek te veel op een lijkzak. In plaats daarvan vond hij een blauwe doorzichtige recyclezak en stopte de pop er met zijn voeten eerst in.

Hij sloot het huis af, stapte in zijn auto en reed naar de andere kant van de stad. Aangekomen bij het gebouw herkende de conciërge hem, dus hij hoefde zijn badge niet te laten zien. Dat was maar goed ook, want hij droeg een pop in een grote doorzichtige tas.

"Ik zal je naar boven brengen," zei Matthew Barry, de baliemanager. Hij ging de lift in en naar de zevende verdieping.

In de lift op weg naar boven stelde Miller zichzelf veel vragen, zoals wat hij aan het doen was en waarom, maar er kwamen geen antwoorden.

Het enige wat hij zeker wist, was dat sinds hij de pop had opgepakt, het gevoel dat aan zijn maag had gevreten, minder werd. Naarmate hij dichter bij de kamer kwam, vervaagde het naar de achtergrond.

Barry draaide de sleutel in het slot en WHAM, een sirene gilde - waardoor de Manager het gevoel kreeg dat zijn hersenen zouden exploderen. De arme man klikte op elk knopje aan de muur - in een poging het gewelddadige geluid te laten stoppen. Toen niets hielp, bedekte hij zijn oren, draaide zich om en liep gillend de kamer uit.

Miller had ook last van de sirenes, maar niet zo erg als de Manager. Hij viel op bed, gebruikte de kussens om het geluid te dempen en hoopte dat het snel zou stoppen. Hij sloot zijn ogen en viel flauw. Toen hij bijkwam lagen de kussens op de grond en was de kamer stil.

Hij slurpte een beetje water en spatte toen een beetje op zijn gezicht. Het viel hem op dat het tapijt nieuw was, plusser deze keer. Toen zag hij iets anders: een nieuw schilderij van Van Gogh Zonnebloemen in een antieke gouden lijst.

Terwijl de kraan druppelde, onderzocht hij het schilderij. Zag geen beweging en herinnerde zich toen de pop. Hij zag de plastic zak op de grond naast het bed: die was leeg.

Hoofdschuddend draaide hij zich om en liep naar de deur, en toen hij zijn hand op de deurknop legde, klonken kinderstemmetjes:

Bedankt voor de bloemen,
Dank u voor de bomen,
Dank u voor de watervallen,
Dank u voor de bries.
We zijn hier nu samen.
Vrij van kwaad en pijn
Dank u, Sgt. Miller
Voor het terugkomen.

Die woorden en het deuntje bleven maar rondgaan in zijn hoofd. Dagen, weken, maanden, jaren lang.

EPILOOG

Miller ging met pensioen, met nog één laatste verzoek tijdens zijn dienst. Hij klopte aan bij Judy Smith.

"Ik ben hier voor Gerald," zei hij.

Hij volgde Judy de trap op, "Brigadier Miller is hier voor jou."

Ze bleef in de deuropening staan, terwijl Miller Geralds hand schudde en hem een Citizen's Commendation overhandigde.

"Je hebt ons geholpen een zaak op te lossen," zei Miller. "Ga zo door met je uitstekende werk."

"Mag ik een foto van jullie twee?" vroeg Judy.

Miller knikte en hij en Gerald kletsten terwijl zij naar beneden ging en weer boven kwam met haar telefoon in haar hand.

"Zeg maar cheese," zei ze.

Na een paar foto's nam Miller afscheid en ging op weg naar huis. Hij hoopte op een rustige nacht met zijn vrouw - wat hij niet wist was dat ze een groot verrassingspensioenfeest voor hem had.

Erkenningen:

Beste lezers,

Bedankt voor het lezen van IEDEREENS KIND waarvan ik de eerste versie schreef tijdens NATIONAAL NOVEL SCHRIJVEN MAAND in 2013.

Toen ik de eerste versie klaar had, heb ik wat kleine bewerkingen gedaan en het naar een paar bètalezers gestuurd om te zien hoe het verbeterd kon worden - en of ze het goed vonden. Vier van de vijf lezers (collega-auteurs) vonden Katie en Benjamin niet leuk en wilden dat ik de personages herschreef zodat ze meer op hun eigen kinderen leken, enz. Ik nam ze mee om erover na te denken terwijl ik aan andere projecten werkte.

Uiteindelijk besloot ik voet bij stuk te houden. Andere auteurs konden hun personages schrijven zoals zij dat wilden. Als we allemaal onze personages op dezelfde manier zouden schrijven, wat zou dan het nut zijn? Dit waren mijn personages en ze hadden mij gekozen om hun verhaal aan/door te vertellen. Ik moest hun verhalen vertellen op de manier waarop zij wilden dat ze gehoord werden. In dat opzicht zaten mijn personages en ik op één lijn.

Daarom ging ik op zoek naar een ontwikkelingsredacteur en ik vond een uitstekende redacteur en voor haar hulp en aanmoediging zal ik haar altijd dankbaar zijn.

Maar IEDEREENS KIND was nog niet af. Het moest worden gelezen door nieuwe bètalezers en dat gebeurde ook. Ik stelde ze deze keer vragen, en ik maakte me vooral zorgen over broodkruimels. Had ik onderweg genoeg achtergelaten om de lezer naar de schokkende ontknoping te leiden? Een van de vijf lezers vond dat ik te veel had weggegeven en vroeg me om het aantal broodkruimels te verminderen. Misschien vind je het interessant om te weten dat ze aanvankelijk verkeerd had gegokt, maar bij herlezing meer van de hints oppikte die ik had gegeven.

Ik wil graag van deze gelegenheid gebruik maken om mijn proeflezers, bètalezers en redacteuren te bedanken voor hun inzet voor mijzelf en dit project. Jullie inbreng was waardevol - of ik jullie suggesties nu accepteerde of niet. Jullie hebben me geholpen om van IEDEREENS KIND het beste te maken dat het kon zijn. Misschien had Stephen King meer kunnen/willen doen.

Dank ook aan familie en vrienden die me in de duisternis hebben bijgestaan.

En zoals altijd, veel leesplezier!

Cathy

Over de auteur:

Cathy McGough woont en schrijft in Ontario, Canada met haar man, zoon, kat en hond.

Ook geschreven door: